Über die Autorin

Angelina Kirchholtes wurde 1976 geboren. Sie absolvierte zahlreiche Seminare und Kurse in den Bereichen Psychologie und Kinder Pädagogik. Seit rund 10 Jahren ist sie spezialisiert auf das Thema Persönlichkeitsentwicklung und erfasst dazu erfolgreiche Ratgeber. Ihren früheren Beruf als Betriebsratsvorsitzende eines großen, namhaften Unternehmens hat sie aufgegeben, um sich vollkommen auf ihr Herzensanliegen zu fokussieren: Sie informiert und unterstützt ihre Leser, Ziele zu erreichen, von denen diese (noch) weit entfernt sind.

Ihr Credo: Jeder Mensch ist lernfähig und hat die Möglichkeit über sich hinauszuwachsen. Damit diese Entwicklungen für viele Menschen möglich werden, informiert sie mit ihren Büchern zu Persönlichkeitsentwicklung und gibt ihren Lesern viele wertvolle Tipps.

Angelina Kirchholtes erklärt auf eine sehr persönliche Weise ihren Bezug zur Spiritualität, den Glauben an das, was nicht sofort ersichtlich ist. Sie inspiriert den Leser, in Liebe durch die Welt zu gehen und appelliert ständig an das Gute im Menschen.

Lieber Leser, liebe Leserin.

Ich freue mich sehr, dass Sie sich für dieses Buch entschieden haben, ich wünsche Ihnen viel Spaß beim Lesen und viel Erfolg beim Umsetzen!

Angelina Kirchholtes

Emotionale Intelligenz

Die unendliche Kraft der Emotionen

DIE MAGISCHEN METHODEN

Wie Sie Emotionen & Gefühle kontrollieren,

Menschen lesen, Gelassen werden

und negative Gedanken & Energie loswerden

Angelina Kirchholtes

INHALT

Vorwort

Noch vor zwanzig Jahren, als ich ins Berufsleben eingetaucht bin, war der Begriff „emotionale Intelligenz" lediglich in der persönlichen Entwicklung von Bedeutung. In der Psychologie beschäftigt man sich seit nur wenigen Jahrzehnten so intensiv mit der Gefühlswelt einer Person, um Menschen zu helfen, die Schwierigkeiten haben, Beziehungen einzugehen, im sozialen Umfeld anzukommen oder emotional ausgeglichen zu bleiben. Doch mittlerweile sind Wissenschaftler zu der Erkenntnis gelangt, dass emotionale Kompetenz ebenso gut zum beruflichen Erfolg verhelfen kann. Lehrer und Erzieher werden schon seit längerer Zeit geschult, wie sie Kindern die Welt der Emotionen eröffnen. Auch angehenden Geschäfts- und Abteilungsleitern wird heutzutage in Schulungen beigebracht, mit den eigenen Gefühlen und den Empfindungen von Kollegen kompetent umzugehen.

Würden Sie gerne erfahren, wie Sie, ohne teure Schulungen zu besuchen, Ihre emotionale Kompetenz verbessern können, um erfolgreicher zu werden? Möchten Sie einfach nur lernen, Ihre Gefühle im Griff zu haben, um Ihr emotionales Gleichgewicht wieder herzustellen? Oder würden Sie gern als Vorgesetzter jede Situation souverän meistern, ob es nun darum geht, einen Konflikt zwischen Ihren Angestellten zu schlichten oder sie erfolgreich zu motivieren? Unabhängig davon, welche dieser Fragen Sie mit "Ja" beantwortet haben, finden Sie in diesem Buch nützliche Ratschläge und ausführliche Erklärungen, die Ihnen helfen werden, die Zusammenhänge um Sie herum besser zu verstehen.

Einleitung

Wir merken es nicht, doch unsere Gefühle helfen uns bei unseren Entscheidungen: Dank ihnen merken wir uns, ob eine Erfahrung positiv oder negativ war. Wenn wir später auf eine ähnliche Situation treffen, warnt uns unser Verstand davor – wir nennen das oft „Intuition". Es sind jedoch die in uns auftauchenden Emotionen, die wir schon einmal in gleicher Lage empfunden haben und die uns vor einem Fehler bewahren oder uns zum Handeln bewegen. Unser Bewusstsein bewertet die Lösungswege und unsere Emotionen ergänzen die logischen Argumente.

Meistens sind wir hilflose „Zuschauer" unserer Gefühle. Doch wir haben die Wahl, welche Emotionen wir an uns heranlassen. Gefühle entstehen, ohne uns zu fragen, sind oft sehr intensiv und bringen uns dermaßen durcheinander, dass wir den Eindruck bekommen, sowieso nichts dagegen ausrichten zu können. Warum sage ich dann hier, dass wir eine Wahl haben? Wir können den Willen trainieren, gegen die Emotionen anzukämpfen, unsere Sicht der jeweiligen Situation zu ändern und zu lernen, Emotionen in die richtige Bahn zu lenken. Das zu erreichen, ist viel Arbeit, doch lohnen wird es sich auf jeden Fall. Fangen wir also mit den ersten Schritten an!

Was uns seit jeher bewegt: Emotionen

WAS SIND EMOTIONEN ÜBERHAUPT?

Wir alle wissen, was Gefühle sind. Sie begleiten uns jeden Tag – sie sind unsere Empfindungen. Meistens werden die Begriffe „Emotion“ und „Gefühl“ synonym verwendet. Zum besseren Verständnis der Inhalte dieses Buches möchte ich auf einen kleinen Unterschied hinweisen: Wenn Gefühle lediglich unsere Gemütslage darstellen, hat eine Emotion wahrnehmbare körperliche Symptome wie beschleunigte Atmung oder einen schnelleren Herzschlag, muskuläre Anspannung oder Hormonausschüttung (zum Beispiel Adrenalin bei Angst). Im Gegensatz zu unseren Gefühlen, die wir kaum beeinflussen können, lassen sich physische Reaktionen mithilfe verschiedener Techniken steuern.

WARUM SIND EMOTIONEN WICHTIG?

Bestimmte Emotionen werden von deutlichen körperlichen Reaktionen begleitet:

- Beim Ärgern wird man rot im Gesicht, das Herz rast und die Atmung ist schneller, die Aggression steigt und gibt einem die Kraft, sich zu verteidigen.

- Hat man es mit der Angst zu tun, wird man blass im Gesicht, das Herz pumpt wie verrückt und das Hirn kann meist nicht richtig denken (ein häufiger Zustand bei Menschen mit Prüfungsangst). Das Denken fällt uns in diesen Momenten schwer, weil unser Körper sich auf die Flucht vorbereitet oder ein anderes Verhaltensmuster aktiviert (z. B. erstarren vor Angst).

Diese Mechanismen waren zu der Zeit lebensnotwendig, als die größte Lebensgefahr für Menschen aus der Tierwelt kam und man durch das Erstarren unbemerkt bleiben oder dank der Stresshormone die

Energiereserven des Körpcrs kurzfristig bündeln und weglaufen konnte.

Damit diese Notfallreaktionen auch schnell funktionieren, müssen natürlich das Fühlen und die entsprechenden körperlichen Reflexe noch vor dem Denken einsetzen. Denn für das bewusste Wahrnehmen (Sehen, Hören, Fühlen), das Realisieren, das Analysieren und das Entscheiden für eine Vorgehensweise brauchen wir viel Zeit. Die körperliche Reaktion geht also der bewussten Empfindung weit voraus. So zucken wir zum Beispiel zusammen, wenn uns jemand erschrecken möchte und hinter einer Ecke hervorspringt. Wir erkennen erst dann, dass es jemand Vertrautes ist. Manche empfinden in solchen Momenten sogar Muskel- oder Herzschmerzen, wenn ihre Reaktion zu stark ausfällt.

Interessant finde ich, dass bei Tieren der Teil des Gehirns, der für das Wahrnehmen und das logische Denken zuständig ist, viel weniger entwickelt ist als bei Menschen. Daher sind Tiere ihren Emotionen und Verhaltensmustern ausgeliefert, Menschen dagegen nicht unbedingt. Bewusste Wahrnehmung macht es uns möglich, Entscheidungen zu treffen – das ist der Grundstein für die **emotionale Intelligenz**!

Nehmen Sie Ihre Gefühle zu spät oder gar nicht wahr, wird Ihr Handeln von diesen Gefühlen bestimmt.

Das könnte Sie in Schwierigkeiten in Ihrem sozialen Umfeld bringen. Andererseits sind von Emotionen geleitete Personen nicht besonders leistungsfähig und beein-trächtigen die Produktivität ihres Teams durch emotionale Belastungen, die sie um sich herum ausbreiten. Haben Sie gelernt, Ihre Empfindungen rechtzeitig zu registrieren und einzuordnen, erweitern Sie Ihren Handlungsspielraum.

Wut, Trauer, Angst und Enttäuschung gehören zum Leben dazu. Sie sind bis heute noch von großem Nutzen für uns alle: Wenn wir Angst empfinden, begeben wir uns nicht unnötig in Gefahr. In lebensbedrohlichen Situationen wird nämlich vermehrt Adrenalin ausgeschüttet. Dadurch mobilisiert sich unser Körper und befähigt uns, schneller zu reagieren. Wenn du schon einmal um jemanden trauern musstest, schätzt du deine Lieben im Nachhinein umso mehr, was wiederum die zwischenmenschlichen Beziehungen festigt. Wenn du Wut oder Enttäuschung empfindest, können diese Gefühle in konstruktive Energie umgesetzt werden. Sie können dich dazu motivieren, entscheidende Änderungen in deinem Leben vorzunehmen.

Obendrein erleichtern Emotionen uns den zwischenmenschlichen Kontakt. Anhand der körperlichen Signale können wir die Stimmung unserer Mitmenschen besser einschätzen und unser Verhalten entsprechend anpassen, beispielsweise, um Reibungen zu vermeiden oder uns durchzusetzen.

EMOTIONEN: DIE TRIEBFEDER DES MENSCHEN

Vielen ist es nicht bewusst, in welchem Maße unsere Gefühle, unsere Entscheidungen, unser Handeln und unsere Leistungsfähigkeit beeinflussen. Dass Emotionen uns antreiben haben Menschen schon vor Jahrhunderten entdeckt und für ihre Zwecke ausgenutzt. Heerführer erweckten mit ihren Ansprachen Wut und Entschlossenheit in ihren Soldaten. Revolutionen wurden nicht ohne das Erzeugen von bewegenden Emotionen durchgeführt. Freude hemmt das Schmerzempfinden und fördert Leistungsfähigkeit. Wut bereitet auf ein Angriffsverhalten vor, weckt Willenskraft und Tatendrang. Und das sind nur einige Beispiele.

Heute halten Trainer eine Motivationsrede vor ihrer Mannschaft. Ein guter Trainer kennt sein Team und weiß, in welchem Spieler er positive und in welchem er negative Gefühle wecken sollte, damit sie im Stande sind, ihr volles Leistungsvermögen abzurufen.

Wenn ein Werbespot beim Kunden ankommen soll, sind Emotionen unerlässlich. Auch wenn wir nicht bemerken, dass uns die Werbung erreicht hat, hat sie in uns auf eine subtile Weise, Interesse geweckt. Ein wissenschaftlicher Teilbereich – die Werbepsychologie – beschäftigt sich mit der Wirkung von unterschiedlichen Emotionen auf den Verkaufserfolg beworbener Ware. Uns wird mit Worten wie „sanft“, „anschmiegsam“, „fruchtig-süß“ oder „erfrischend“ ein positives Erlebnis durch die Nutzung beziehungsweise den Genuss des Produkts versprochen. Diese Adjektive wecken in uns unbewusst entsprechende Gefühle und ohne es zu wollen, haben wir uns den Marken- oder Produktnamen gemerkt.

Eine schöne Nebenwirkung von Verwirrung durch Emotionen sehen wir oft in Kinofilmen: Der Held rettet eine schöne Frau, sie geraten immerzu in Schwierigkeiten und nach all den gemeinsam erlebten Abenteuern, verlieben sie sich ineinander. Dieses Phänomen wird immer wieder beobachtet: Wenn jemand auf einer Aussichtsplattform in schwindelerregender Höhe steht, steile Felsen hinaufklettert oder gar tatsächlich in einer gefährlichen Situation steckt, schüttet sein Körper vermehrt Adrenalin aus, sein Herz schlägt schneller und er ist aufgeregt. Verbringt man diese Momente zusammen mit einer anderen Person, empfindet man tiefe Verbundenheit mit diesem Menschen aufgrund des gemeinsamen Erlebnisses.

Warum geschieht das? Wegen den empfundenen Emotionen! Das alles passiert jedoch in unserem Unterbewusstsein. Unser Gehirn nimmt Herzklopfen und Aufregung wahr und sucht nach dem Grund dafür.

Da gleiche körperliche Signale auftreten, wenn man jemanden attraktiv findet, verbindet sie unser Gehirn manchmal nicht mit der Gefahr, sondern mit der Person, die uns dabei begegnet oder zur Seite steht – ein Gefühl der Verliebtheit entsteht.

Was bedeutet es überhaupt, „intelligent“ zu sein?

MODELLE DER INTELLIGENZ

Eine Neurologin hat mir einmal eröffnet, dass sie anhand des Wellenmusters eines EEGs (EEG = Elektroenzephalografie) sehen kann, wie intelligent eine Person ist. Bemerkenswert! Nach allgemeiner Vorstellung sind intelligente Menschen im Leben und im Beruf sehr erfolgreich. Was ist nun aber Intelligenz?

Intelligenz (lat. *intellegere* = wörtlich „wählen zwischen“) bezeichnet unsere kognitiven Fähigkeiten, die wir einsetzen, um Situationen im Alltag zu analysieren, nach Lösungen zu suchen und danach zu handeln. Es ist also unser Verstand.

Ingenieur und Psychologe Louis Leon Thurstone ging von sieben **primären Fähigkeiten** aus, die bei jedem Menschen unterschiedlich stark ausgeprägt sind:

- Zahlenverständnis
- Sprachverständnis
- Räumliche Vorstellung
- Gedächtnis
- Logisches Denken
- Redegeschwindigkeit
- Schnelles Auffassungsvermögen

Je ausgeprägter die einzelnen Fähigkeiten sind und je schneller eine Person mit deren Hilfe eine Aufgabe löst, desto höher ist ihr IQ (Intelligenzquotient).

Das **Zwei-Faktoren-Modell** vom britischen Psychologen Charles Edward Spearman besagt, dass ein Mensch zur Lösung eines Problems zwei Fähigkeiten nutzt: Generelle Intelligenz (g). Das ist ein übergeordneter Intelligenzfaktor, der das Auffassungsvermögen, dessen Geschwindigkeit und die kognitive Leistung umfasst sowie alle anderen Leistungsbereiche (s = untergeordnete Fähigkeiten) beeinflusst. Demnach gebraucht ein Mensch beim Lösen eines Problems immer beide Faktoren (g und s), also generelle Intelligenz und eine spezifische Fähigkeit.

Cattells Zwei-Faktoren-Modell besagt, dass es zwei Arten von Intelligenz gibt:

- Fluide Intelligenz, die angeboren ist und nicht beeinflusst werden kann.
- Kristalline Intelligenz, die alle Fähigkeiten und Erfahrungen umfasst, die man im Laufe seines Lebens erlernt beziehungsweise erlebt.

Über Jahrzehnte wurden verschiedene Intelligenzmodelle erarbeitet, doch damit beschäftigen wir uns hier nicht. Interessanter ist folgende Frage:

GIBT ES DIE INTELLIGENZ?

Howard Gardner, Professor für Wahrnehmung und Bildung an der Harvard Graduate School of Education, geht von neun Arten der Intelligenz aus:

1) Sprachliche Intelligenz
2) Logisch-mathematische Intelligenz
3) Interpersonelle Intelligenz (= Empathie)
4) Intrapersonelle Intelligenz (= sich selbst verstehen)
5) Naturbezogene Intelligenz (= „der grüne Daumen“)
6) Musikalische Intelligenz

7) Körperlich-kinästhetische Intelligenz
8) Räumliche Intelligenz
9) Existenzielle Intelligenz (= Bewusstsein über den Grund unserer Existenz und den Sinn des Todes)

Gardner geht davon aus, dass jeder Mensch über alle neun Arten der Intelligenz verfügt, diese aber von Individuum zu Individuum unterschiedlich stark ausgeprägt sind.

Wissenschaftler sind sich über die Definition der Intelligenz nicht einig. Studien liefern unterschiedliche Ergebnisse über vererbte und erlernte Intelligenz: Manche sprechen der Vererbung eine größere Bedeutung zu. Ihrer Meinung nach können sich die angeborenen kognitiven Fähigkeiten mithilfe der Bildung höchstens um 20 Prozent verbessern. Manche gehen davon aus, dass nur 50 Prozent der Fähigkeiten vererbt sind und die jeweilige Umgebung viel dazu beiträgt, ob eine Person zu einem Genie oder einem „simplen Kerl“ heranwächst.

Johann Wolfgang von Goethe, Leonardo da Vinci und Albert Einstein waren in ihren Arbeitsbereichen überdurchschnittlich begabt. Entscheiden Sie für sich selbst, welche der oben beschriebenen Theorien für Sie logisch erscheint und welche Fähigkeiten Ihnen wichtig sind!

Man sieht nur mit dem Herzen gut – Emotionale Intelligenz und die Wissenschaft

WAS IST EMOTIONALE INTELLIGENZ?

Der durchschnittliche Intelligenzquotient liegt bei 100 IQ-Punkten. Bei einem IQ ab 130 gilt man als hochbegabt. Doch was sagt dieser Wert über jemanden aus? Heißt es, dass Menschen mit einem niedrigeren Intelligenzquotienten keine Karriere machen können oder es nicht wert sind, geliebt zu werden? Nein, denn mittlerweile gewinnt die emotionale Intelligenz (der EQ) deutlich an Bedeutung. Man beobachtet immer wieder, dass aus einer Gruppe von Kollegen nicht unbedingt der Intelligenteste schneller im Unternehmen aufsteigt.

In der heutigen Zeit sind direkte soziale Kontakte seltener geworden. Die digitale Welt ermöglicht es uns, mit geringerer körperlicher Anstrengung über Internetportale oder Mobilfunk mit anderen Menschen zu kommunizieren. Wir sind gar nicht mehr geübt darin, menschliche Emotionen zu verstehen. Dabei ist diese Fähigkeit vor allem im beruflichen Umfeld von großem Nutzen. Um Kundenbindungen zu festigen, sollte man mit fremden Menschen in Kontakt treten, ihre Stimmungen erkennen und ihre Bedürfnisse befriedigen können. Auch ohne Kundenkontakt legt der heutige Arbeitgeber viel Wert auf die Teamfähigkeit seiner Angestellten. Aus diesem Grund ist emotionale Intelligenz gerade sehr gefragt.

MERKMALE UND KRITERIEN

Wie ich schon anfangs angedeutet habe, hat emotionale Intelligenz etwas mit der Gefühlswelt einer Person und seiner Umgebung zu tun. Doch es ist viel komplizierter und damit umso interessanter.

Emotionale Intelligenz basiert auf vier Fähigkeiten:

- Die Fähigkeit, eigene Emotionen zu erkennen und zu analysieren
- Die Fähigkeit, eigene Emotionen zu kontrollieren: Selbstregulation
- Empathie: Emotionen anderer erkennen und verstehen
- Die Fähigkeit, mit anderen Menschen zu interagieren

Jeden dieser Punkte erläutere ich im weiteren Verlauf dieses Buches detaillierter und zeige auf, wie auch Sie jede dieser Fähigkeiten erlernen oder verbessern können. Eins möchte ich aber schon vorab sagen: Sie können das Auftauchen von Emotionen und körperlichen Begleitsymptomen nicht verhindern – das geschieht nämlich automatisch. Welche Gefühle in welcher Situation auftauchen und welcher Auslöser dafür verantwortlich ist, bestimmt zu einem großen Teil Ihre Vorgeschichte: Ihre Kindheit, die Erziehung, der kulturelle Hintergrund, berufliche oder private Erfahrungen und so weiter. Wenn eine Person über eine hohe emotionale Intelligenz verfügt, bedeutet es nicht, dass sie nicht mehr wütend ist oder nicht mehr unter anderen intensiven Gefühlen leiden kann. Der Unterschied liegt dabei im bewussten Umgang mit den Emotionen. Ein emotional intelligenter Mensch ist seinen Emotionen nicht mehr hilflos ausgeliefert und kann bewusste Entscheidungen darüber treffen, ob er seine Emotion ausleben möchte oder nicht.

KANN MAN EMOTIONALE INTELLIGENZ STEIGERN?

Menschen werden mit der Fähigkeit geboren, Emotionen zu empfinden. Allerdings sind sie nicht sofort im Stande, mit den entstehenden Gefühlen umzugehen, und äußern sie deshalb anfangs sehr intensiv. Zum Beispiel stampfen Kinder manchmal mit den Füßen und schreien laut, wenn sie das Gewünschte nicht bekommen haben. Oder sie fangen an, zu weinen, wenn mal beim Basteln oder Malen nicht sofort alles so funktioniert, wie sie sich das vorgestellt haben. Kinder haben noch nicht gelernt, mit Frustrationen umzugehen und ihre Gefühle in eine konstruktive Richtung zu lenken.

Erst durch das Feedback ihrer Umgebung, Erklärungen und das Lernen durch Abschauen bei Erwachsenen in ihrem Umfeld lernen sie den richtigen (oder eben auch den falschen) Umgang mit eigenen Gefühlen. Aus diesem Grund beobachten kleine Kinder gerne ihre Bezugspersonen. So lernen sie Verhaltensregeln, in welcher Form und Intensität sie ihre Gefühle zeigen dürfen, wann sie diese verstärkt zum Ausdruck bringen (z. B. Freude), wann abgeschwächt (z. B. Wut, Enttäuschung), wann sie ihre Gefühle gar nicht zeigen sollten (z. B. Verlegenheit) oder wie sie eine nicht vorhandene Emotion zeigen (z. B. Lächeln).

In unserer sozialen Gesellschaft sind die Kinder schlecht für das Leben gerüstet, auf deren Gefühle nicht eingegangen oder deren Emotionen als nicht wichtig abgetan, manche sogar verboten wurden. Diese Kinder hatten nicht ausreichend Gelegenheiten zu lernen, wie sie ihre Gefühle verstehen und angemessen äußern können. Stattdessen haben sie gelernt, ihre Gefühle vor anderen zu verstecken. Sie haben es auch nicht gelernt, sich mit ihren Gefühlen auseinanderzusetzen und verdrängen sie. Die Verdrängung funktioniert so lange, bis das Fass überläuft und sie ihren nun angestauten, viel zu intensiven Emotionen, hilflos ausgeliefert sind.

Problematisch ist es aber auch, wenn Kinder ihre Gefühle ungezügelt ausleben dürfen. Sie brauchen das Vorbild Erwachsener und müssen alternative Verhaltensweisen erlernen. Ohne diese frühe Lernerfahrung, müssen sie es auf eine harte Art und Weise im Erwachsenenalter lernen, da sie in der Gesellschaft immer wieder anecken werden. Oder sie verschließen sich und leben verbittert und einsam. Die Unfähigkeit, eigene Gefühle zu verstehen und mit ihnen umzugehen, äußert sich oft in Aggressionen bis hin zur Gewaltanwendung. Solche Menschen haben in ihrer Kindheit den falschen Umgang mit Gefühlen vorgelebt bekommen und waren höchstwahrscheinlich selbst Opfer von Gewalt.

Die gute Nachricht: Stimmungen an der Körpersprache zu erkennen, kann man trainieren. Auch eine Person, die bisher Emotionen fremder Menschen nicht gut interpretieren konnte, kann es lernen, zumindest Grundstimmungen zu erkennen. Beispielsweise können autistische Menschen nur sehr schwer Emotionen anderer deuten. Selbst ihre eigenen Gefühle können sie nicht immer richtig zum Ausdruck bringen. Die so genannte TEACCH-Methode wurde für Kinder mit Autismus entwickelt. Diese Methode ermöglicht es diesen Kinder mithilfe von Bildern und

Erläuterungen, die Deutung der durch die Mimik und Gestik geäußerten Gefühle zu erlernen.

Der Umgang mit eigenen Empfindungen und deren Äußerung sowie das Lesen anderer Menschen, wird in der Kindheit **erlernt**. Andererseits kann man sich im Erwachsenenalter diese Fähigkeiten aneignen, die bereits erlernten Verhaltensmuster korrigieren und Selbstkontrolle lernen beziehungsweise verbessern.

Emotionen und Kompetenzen

SELBSTWAHRNEHMUNG

Wir können nicht die Gefühle anderer Menschen erkennen und verstehen, wenn für uns unsere eigene Emotionswelt ein Buch mit sieben Siegeln ist. Eine Person mit hoher emotionaler Intelligenz kennt sowohl ihre Stärken als auch ihre Schwächen. Sie kann die Ursprünge ihrer Emotionen nachvollziehen, kennt ihre Bedürfnisse und kann sich selbst motivieren.

Angst, Freude, Traurigkeit, Stolz und so weiter. Bereits als Kinder haben wir gelernt, unsere Gefühle zu benennen. Nur waren wir uns über den Ursprung dieser Gefühle größtenteils sicher: Ich habe mich mit meinem Freund gestritten – ich bin deswegen traurig. Ich habe ein schönes Bild gemalt und bin stolz darauf. Als Erwachsener werden wir in unserem Alltag mit komplexeren Situationen konfrontiert, müssen in mehreren Bereichen Verantwortung übernehmen und haben oft nicht die Zeit, über einzelne Ereignisse in unserem Leben nachzudenken und die dabei entstandenen Gefühle zu sortieren.

Das Bewusstsein für eigene Empfindungen ist ein wichtiger Baustein der emotionalen Intelligenz. Wenn wir unsere Persönlichkeit, unsere Bedürfnisse und Grenzen kennen, treffen wir – sowohl privat als auch beruflich – bessere Entscheidungen. Wir sind selbstbewusster und auf Dauer gesünder.

SELBSTMANAGEMENT

Man hört immer wieder, dass es für die Leber und den Magen schädlich ist, Zorn in sich hineinzufressen. Das stimmt! Den Ärger hinunterzuschlucken wäre nicht zu empfehlen, denn unterdrückte Gefühle beeinträchtigen die Leistungsfähigkeit, führen auf Dauer zu psychosomatischen Störungen und körperlichen Beschwerden.

Also wäre es logischer, die eigenen Emotionen voll auszuleben? In mehreren Untersuchungen hat man festgestellt, dass Menschen, die ihre negativen Gefühle ausleben, sich danach schlechter fühlen als die Menschen, die gelernt haben ihre Empfindungen rechtzeitig zu erkennen und zu regulieren. Abgesehen von der Gefahr, dass ein verärgerter Mensch sich in das Gefühl hineinsteigern und dank des oben beschriebenen „Hirnabschaltungsmechanismus" etwas anstellen könnte, was er später bereuen würde, übersteht er die körperlichen Reaktionen nicht unbeschadet. Erst nach Stunden baut der Körper die ausgeschütteten Substanzen vollständig ab. In dieser Zeit arbeitet das Herz immer noch in einem sehr hohen „Drehzahlbereich", der Blutdruck überanstrengt die Blutgefäße und man kriegt womöglich Kopfschmerzen. Außerdem reagiert man viel gereizter auf Ärgernisse, die man für gewöhnlich als unbedeutend beiseitegeschoben hätte, was einen wiederum sozial unverträglich macht. Kommen solche Gefühlsausbrüche häufiger vor, läuft man Gefahr, dauerhafte gesundheitliche Schäden davon zu tragen und sozial ausgegrenzt zu werden.

Negative Folgen haben auch Angst, Trauer oder Kummer. Haben Sie Angst vor einer Prüfung, gibt es für Sie zwei Möglichkeiten: Entweder Sie verbleiben mit Ihren Gedanken in diesem Gefühl der Angst und malen sich aus, was wäre, wenn Sie das nicht hinkriegen. In diesem Fall ruft Ihr emotionaler Zustand die entsprechenden körperlichen Reaktionen hervor, was

Ihre Konzentration und Leistungsfähigkeit negativ beeinflusst und Ihnen die gezielte Vorbereitung erschwert. Oder Sie setzen sich mit diesen Gefühlen auseinander, finden den Auslöser (siehe Kapitel „Emotionale Selbstwahrnehmung: Ergründe deine Gefühle“) und unternehmen Schritte dagegen, zum Beispiel indem Sie die Vorschläge aus dem Kapitel „Positive Einstellung“ anwenden.

Die Fähigkeit, seine Emotionen zu steuern, baut auf der Selbstwahrnehmung auf. Wenn man gelernt hat, seine aufsteigenden Gefühle frühzeitig zu erkennen, hat man auch die Möglichkeit, Einfluss auf sie zu nehmen.

SOZIALES BEWUSSTSEIN

Soziales Bewusstsein oder soziale Kompetenz ist die Erweiterung der Empathie. Es handelt sich dabei um die Fähigkeit, mit Menschen umzugehen, ihre Emotionen wahrzunehmen und auf sie entsprechend einzugehen. Die soziale Kompetenz hilft uns, Beziehungen aufzubauen und aufrecht zu erhalten. Im beruflichen Leben hilft sie uns, unseren Kunden ihre Wünsche zu erfüllen und sie langfristig an unser Unternehmen zu binden. Doch die Wahrnehmung der Gefühle anderer ist noch zu wenig, um Ihre Kommunikationsfähigkeit zu verbessern. Andere sind auf die verbalen und nonverbalen Äußerungen (Mimik) unserer Emotionen angewiesen, um zu wissen, wie sie sich uns gegenüber verhalten sollen und wann sie die Grenzen überschreiten. Wir müssen also lernen, uns unseren Mitmenschen mitzuteilen. Eine ausgeglichene Kombination dieser Fähigkeiten, also eine Balance zwischen Selbstbestimmung und Gefälligkeit, bezeichnete Adolph Freiherr Knigge als die Kunst des Umgangs mit Menschen.

Zum sozialen Bewusstsein gehört auch die Fähigkeit, soziale, berufliche und politische Entwicklungen mitzuverfolgen, relevante Informationen zu analysieren und sie entsprechend zu benutzen, um das Unternehmen voranzubringen oder um für einen Smalltalk mit Kollegen und Kunden gewappnet zu sein.

BEZIEHUNGSMANAGEMENT

Von all den hier angesprochenen Punkten ist dieser womöglich der schwierigste, weil wir nicht nur auf unsere Gefühle achten, sondern auch die Stimmung anderer einschätzen und auf sie eingehen müssen. Interaktion mit anderen Menschen ist immer schwierig. Wir alle haben unterschiedliche Persönlichkeiten und unsere eigenen Gewohnheiten und Macken. Wer von uns kennt das nicht: Man lernt einen neuen Menschen kennen, verliebt sich und alles ist wunderbar. Bis genug Zeit vergeht und einem etwas in der Beziehung fehlt.

Es ist gleich, ob eine Liebesbeziehung, kollegiale Mitarbeit oder Umgang mit Kunden: In jede Beziehung muss man Zeit und Arbeit investieren – das ist jedem klar. Die Frage ist nur, wie diese „Arbeit" denn genau aussieht? Von den nützlichen Tipps, die ich Ihnen gleich näherbringe, werden Ihnen manche – wenn nicht sogar alle – bekannt vorkommen. Lesen Sie bitte dennoch weiter!

1) Offenheit und Interesse. Interesse zeigen ist für die meisten kein Problem: Man stellt Fragen und hört zu. Warum funktioniert das nur nicht immer so, wie wir es uns erhoffen? Weil wir Menschen ausfragen, ohne uns selbst zu öffnen. Selbst wenn es noch nicht wie ein Verhör wirkt, merken manche diese Einseitigkeit und gehen auf Abstand. Wenn wir etwas Persönliches von einem Menschen wissen wollen, sollten wir auch etwas über uns erzählen. Keine Angst! Sie müssen nicht Ihr Innerstes nach außen kehren. Entscheiden Sie frei, was Sie wem und in welcher Situation mitteilen wollen. Wenn Sie mit einem Kunden reden oder mit einem Kollegen, ist es gewiss nicht angebracht, darüber zu erzählen, dass Sie gerade eine Trennung durchleben oder einen Sorgerechtskampf ausfechten.

2) Wie kommunizieren Sie? Sind Sie vielleicht zu direkt und reden wie ein Wasserfall oder sind Sie eher zurückhaltend und langweilen Ihren Gesprächspartner? Wie sehen Sie sich als Gesprächspartner? Fragen Sie Ihre Freunde nach ihrer Einschätzung. Machen Sie eine Liste mit Stärken und Schwächen Ihres Kommunikationstalents, setzen Sie in Gesprächen gezielt Ihre Stärken ein und versuchen Sie, die Schwächen zu vermeiden.

3) Höflichkeit ist leider nicht für alle selbstverständlich. Die Worte „Danke", „Bitte" und „Entschuldigung" werden immer seltener benutzt. Letzteres wird häufig durch das kurze unbedeutende „Sorry" ersetzt. Gewöhnen Sie sich dieses Wort vor allem in Geschäftsbeziehungen ab, denn es hinterlässt keinen guten Eindruck.

4) Sind Sie kritikfähig? Egal, in welchem Ton Kritik ausgesprochen wurde, halten Sie kurz inne und seien Sie ehrlich zu sich selbst: Könnte es sein, dass da tatsächlich etwas dran ist? Sehen Sie Kritik nicht als einen Angriff auf Sie, sondern als einen Hinweis, was Sie an sich noch verbessern könnten.

5) Vertrauen aufbauen. Jeder Mensch bringt ein gewisses Maß an Vertrauen in eine Beziehung mit. Ohne Vertrauen geht niemand eine neue Beziehung ein. Auch ein Kunde, der Ihnen nicht vertraut, wird einen anderen Berater, Verkäufer, Arzt oder ähnliches suchen. Um Vertrauen aufzubauen, darf in erster Linie das vorhandene Vertrauen nicht enttäuscht werden. Halten Sie Ihre Versprechen ein und seien Sie hilfsbereit. Und wichtig: Zeigen Sie Vertrauen!

6) Teilen Sie Ihre Emotionen mit. Sind Sie wütend? Warum nicht? Das passiert und ist ganz normal. Wenden Sie die Ratschläge aus diesem Buch an, um Ihre Wut zu zügeln und sagen dann Ihrem Gegenüber, was Sie verärgert hat. Das braucht er, um zu wissen, was er in Zukunft anders machen sollte.

7) Tolerieren Sie die Gefühle des anderen. So einige Gefühle sind uns bei anderen unangenehm. Vielleicht lassen wir sie nicht einmal bei uns selbst zu. Wenn wir auf diese Gefühle treffen, versuchen wir, sie zu ignorieren. Auch wenn wir der betroffenen Person doch unsere Aufmerksamkeit schenken, versuchen wir, schnellstmöglich aus der Situation zu fliehen. Menschen merken das und ziehen ihre Rückschlüsse. Unser

Desinteresse verletzt und wir sollten uns danach nicht wundern, wenn wir gemieden werden.

8) Zeigen Sie Ihre Zuneigung. Sie müssen einem treuen Kunden keine Lobeshymnen singen. Ihr Lebenspartner/Ihre Lebenspartnerin erwartet das von Ihnen genauso wenig. Ein kleines Geschenk oder eine herzliche Nachricht auf einer Postkarte beziehungsweise per E-Mail ohne einen bestimmten Anlass, sind jedoch besonders angenehm.

9) (Er-)Klären Sie, bevor Sie handeln. Stellen Sie sich vor, Sie haben einen Termin zur Kontrolle beim Zahnarzt. Sie sitzen auf dem Behandlungssessel und ohne ein Wort zu sagen, kommt der Arzt ins Zimmer, fährt Ihre Rückenlehne nach hinten und nimmt den Bohrer in die Hand. Würden Sie Ihren Mund aufmachen und ihn weiter machen lassen, ohne zu klären, was er vorhat? Wahrscheinlich nicht! Ein guter Arzt sagt Ihnen nämlich, dass zum Beispiel ein Zahn eine Füllung benötigt und fragt Sie, ob Sie damit einverstanden sind. Es könnte ja sein, dass Sie nur eine simple Kontrolle erwarteten und gerade jetzt keine Zeit mehr haben. Stellen Sie deshalb auch Ihre Kollegen, Kunden oder Lebenspartner nicht vor vollendete Tatsachen. In einer

Partnerschaft sollte man seine Vorgehensweise mit dem anderen abstimmen.

10) Kritisieren erlaubt. Entscheidend ist nur, wie Sie Kritik äußern. Konstruktiv und mit positiver Motivation – ja. Verletzend oder erniedrigend – nein.

Wie gesagt: Diese 10 Punkte werden den meisten bekannt sein. Warum schreibe ich sie dann hier hin? Nur weil wir alle diese Punkte kennen, setzen wir sie nicht unbedingt um oder manchmal vergessen wir auch so manche Feinheiten, die mit dazu gehören, wie zum Beispiel die Offenheit im ersten Punkt. Außerdem hilft es auch, ab und zu einmal daran erinnert zu werden.

Emotionale Intelligenz im Arbeits- und Beziehungsleben

NUR GEFÜHLE VERSTEHEN, IST NICHT GENUG!

Um sensible Emotionen in Ihrer Umgebung wahrzunehmen und zu verstehen, brauchen Sie Übung. Sie könnten die Zeit vor dem Fernseher dazu nutzen, die Stimmungen einzelner Darsteller in Filmen oder Talkshows zu erraten. Ein Buch über Körpersprache zu lesen, könnte Ihnen einen großen Vorteil in der Kommunikation mit anderen bringen. Sie könnten sich besser auf die

Gemütslage der Menschen in Ihrer Umgebung einstellen und im privaten Gespräch eine vertrauensvolle Atmosphäre schaffen oder bei Meetings punkten. Sie könnten Ihren Gesprächspartner aber auch aktiv dazu animieren, sich Ihnen mitzuteilen. Stellen Sie ihm Fragen und hören Sie zu, denn mehr ist oft nicht nötig. Wenn Sie sich immer wieder daran erinnern, worauf Sie achten sollten und sich Zeit nehmen, darüber nachzudenken, werden Sie in kürzester Zeit Ihr Gegenüber einschätzen und intuitiv die richtige Strategie im Umgang mit ihm wählen.

Doch wie ich bereits in der Überschrift angedeutet habe, ist die Fähigkeit, Menschen zu lesen, noch nicht genug, um stabile (private und berufliche) Beziehungen aufzubauen. Dazu sind Zeit und eine gelebte Kommunikationskultur nötig. Dass man sich für private und geschäftliche Beziehungen Zeit nehmen sollte, wissen alle. Die Regeln einer offenen und positiven Kommunikationskultur sind allerdings nicht jedem bekannt.

Wenn wir alles mitteilen würden, was uns in dem Moment in den Sinn kommt, würden wir bei unseren Mitmenschen auf Unverständnis und Empörung stoßen. Zumal unsere Gefühle nicht selten subjektiv sind und unsere Äußerungen als Vorwürfe empfunden werden könnten. Wenn wir andere also nicht verletzen wollen, sollten wir uns an folgende Grundsätze halten:

- Ich-Aussagen, wie zum Beispiel: „Ich habe das Gefühl/den Eindruck, dass...", „Ich habe beobachtet, dass..." sollten bevorzugt eingesetzt werden. Vermeiden Sie Ausdrücke wie: „Ich wurde hintergangen!". Benennen Sie auch Ihre Gefühle, die dabei entstanden sind, in der Ich-Form. Sagen Sie statt, „Das hat mich verärgert", lieber, „Ich habe mich geärgert". Auf diese Weise klingt es nicht wie ein Vorwurf, sondern Sie teilen bloß Ihre Empfindung mit und Ihr Gesprächspartner bekommt eine Chance, sich zu erklären.

- Vermeiden Sie auch nur Andeutungen auf Vorwürfe. Ihr Gesprächspartner will so etwas nicht hören. Er verschließt sich und Sie erreichen damit gar nichts.

- Gehen Sie nicht automatisch davon aus, dass Sie Recht haben. Vielleicht kennen Sie noch nicht alle Umstände. Lassen Sie es sich erklären und hinterfragen Sie erst dann, ob das für Sie logisch klingt und Sie sich mit der Erklärung zufriedengeben. Versuchen Sie, die Situation aus der Sicht Ihres Gesprächspartners zu sehen.

- Wenn es dazu gekommen ist, dass Sie sich über etwas aufregen mussten, stimmt wahrscheinlich etwas an der Gesamtsituation nicht. In diesem Fall könnten Sie Ihre negativen Gefühle als Ansporn dazu nutzen, Verbesserungen für sich auszuhandeln, oder mit Ihrem Gesprächspartner für die Zukunft vereinbaren, Sie bei den Besprechungen hinzuzuziehen, damit keine Missverständnisse mehr entstehen.

- Äußern Sie nicht nur (konstruktive) Kritik, sondern finden Sie auch ein paar Punkte, die Ihnen gefallen – das stimmt Ihren Gesprächspartner wieder positiv.

PROBLEME MIT „HERZ UND VERSTAND" LÖSEN

Ich werde gleich zu Beginn erbarmungslos direkt sein: Unser Problem mit dem Problemlösen ist in 99 Prozent aller Fälle nur unserer Faulheit zuzuschreiben! Da Sie gerade dieses Buch lesen, gehe ich davon aus, dass Sie eine disziplinierte, zielstrebige und fleißige Person sind, die in ihrem Leben etwas verbessern oder ändern möchte. Dennoch rede ich von der Faulheit. Wie passt das zusammen?

Sie sind mit großer Wahrscheinlichkeit den ganzen Tag am Rotieren, haben kaum Zeit für sich selbst, geschweige denn für Spaß. Sie beschäftigen sich oft mit falschen Dingen und haben keine Zeit mehr, die hier beschriebenen Strategien umzusetzen. Wie man die Zeit dafür findet, berichte ich im Kapitel „Organisatorische Zusammenhänge verstehen“. Jetzt erkläre ich aber erst einmal, warum ich trotzdem von der Faulheit spreche.

Meistens suchen wir nach Problemlösungen auf die falsche Art. Wir tragen unsere Probleme die ganze Zeit mit uns herum, grübeln ununterbrochen und verzweifeln, wenn wir nicht vorankommen. Auch wenn so mancher von uns schon einmal gehört hat, dass man die Sorgen aufschreiben sollte, tun wir das nicht, weil das wieder Aufwand bedeutet. Wir denken, dass es uns viel mehr Kraft kostet, ein Blatt Papier und einen Stift zu holen beziehungsweise im Mobiltelefon die Notizen-App aufzumachen und die Gedanken niederzuschreiben. Jedoch kostet es uns viel mehr Kraft, wenn wir unsere Energie darauf verschwenden, immer wieder die gleichen Probleme in Gedanken umzuwälzen.

Befolgen Sie für ein paar Wochen lang folgende Ratschläge und Sie werden sehen, dass Sie den Kopf frei bekommen. Wenn Sie nicht sofort alle untenstehenden Fragen beantworten können oder Ihnen später noch etwas dazu einfällt, kehren Sie zu der Aufgabe wieder zurück und schreiben auch das auf. Beantworten Sie bitte folgende Fragen schriftlich:

1) Was belastet Sie? Beschreiben Sie das Problem/die Sorge möglichst genau. Nehmen Sie für jedes neue Problem ein anderes Blatt.

2) Was sind die Ursachen für die Probleme/Sorgen?

3) Hängen die Probleme/Sorgen vielleicht mit einer bestimmten Person oder mehreren Personen zusammen?

4) Kann es sein, dass Ihr eigenes Verhalten ein Teil des Problems ist? Beantworten Sie diese Frage bitte ehrlich, denn immerhin möchten Sie Ihr Problem lösen.

5) Beschreiben Sie die Folgen dieses Problems für Sie und für andere Betroffene.

6) Fallen Ihnen vielleicht schon jetzt Lösungswege ein? Lesen Sie bitte Ihre Antworten zu den Punkten 1 bis 4 noch einmal durch. Oft ist darin schon eine Lösung versteckt. Schreiben Sie Ihre Ideen auf und fragen Sie Menschen, denen Sie vertrauen um einen Rat. Schreiben Sie auch diesen auf.

7) Was ist Ihnen bei der Lösung des Problems wichtig? Welche Kriterien soll der ideale Lösungsweg erfüllen? Welche Ziele sollen erreicht werden?

8) Stellen Sie anhand der Kriterien aus Punkt 7 eine Rangliste von Lösungsalternativen auf. Welches Gefühl haben Sie, wenn Sie den Lösungsvorschlag ganz oben auf Ihrer Liste nochmal lesen? Schauen Sie sich die zweitbeste Lösung an. Haben Sie hier ein besseres Gefühl? Entscheiden Sie sich dann für eine Lösung.

9) Ist Ihr Lösungsweg kompliziert und das Ziel nicht an einem Tag zu erreichen. Erstellen Sie deshalb einen schriftlichen (!) Plan. Dieser soll lieber kleinere, dafür aber tägliche Schritte beinhalten.

Wenn Sie so weit sind, fangen Sie an, Ihren Plan umzusetzen. Belasten Sie trotzdem noch dieselben Sorgen und Sie können bei anderen Tätigkeiten nicht von diesen Gedanken wegkommen, dann lenken Sie sich ab, indem Sie den nächsten Schritt aus Ihrem Plan umsetzen. Manchmal kommt uns erst dann die beste Lösung in den Sinn, wenn wir uns von dem Problem distanziert haben oder nicht mehr ständig daran denken müssen, eben weil wir schon dabei sind, den Plan umzusetzen. Korrigieren Sie in dem Fall den vorhandenen Plan und ran an die Arbeit!

FLEXIBILITÄT IN SCHWIERIGEN SITUATIONEN

Beispiel: Herr K. hat einen wichtigen Termin und muss zu seinem Kunden per Zug anreisen. Auf einmal ertönt im Lautsprecher: „Wir bedauern es sehr! Der Zug verspätet sich um 15 Minuten." Das würde für Herr K. bedeuten, dass er den Anschlusszug verpasst und eine Verspätung von insgesamt 30 Minuten hinnehmen muss. Nachdem er den Kunden informiert und sich für die Verspätung entschuldigt hat, kann er entweder:

1) Sich darüber aufregen, dass er jetzt hier festsitzt, sich verschiedene Bezeichnungen für die Verantwortlichen (die Bahn etc.) ausdenken oder einen Meinungsaustausch mit Gleichgesinnten unter den Reisenden anregen und sich somit immer stärker in dieses Gefühl hineinsteigern. Dann kann er sich die ganze Fahrt lang Sorgen darüber machen, wie verärgert doch der Kunde bei einer solchen Verspätung sein muss und dass das Geschäft sowieso schon ins Wasser gefallen ist.

2) Er denkt: „Das passiert immer wieder und war zu erwarten. Herr X kennt es auch und wird es verstehen. Selbst wenn nicht, ich kann nichts dafür. Also nutzt es nichts, mir Sorgen oder Vorwürfe zu machen. Was ich

machen kann, ist meine Präsentation kürzer zu fassen, um nicht unnötig seine Zeit in Anspruch zu nehmen – das wird Herr X schätzen. Ich könnte in meine Ausführungen aber auch ein paar Highlights einbauen. Wie mache ich das am besten?"

Welche Alternative hat Ihnen besser gefallen? Effektiver und gesünder ist die zweite. Herrn K. ist bewusst, dass er an der Reisedauer nichts ändern kann, würde sich also mit negativen Emotionen nur unnötig schaden. Statt sich unnütz aufzuregen, entscheidet er sich dafür, die Zeit produktiv zu nutzen.

Sie sind ein denkender Mensch und haben immer eine Wahl, wie Sie mit Ihren Emotionen umgehen wollen. Bereits jetzt nehmen Sie Ihre Gefühle bewusster wahr, weil Sie sich über emotionale Kompetenz informiert haben. Jeden Tag bieten sich Ihnen Gelegenheiten, Ihre emotionale Kompetenz zu verbessern. Zugleich könnten Ihnen in der Zukunft folgende Maßnahmen helfen, in ähnlichen Situationen nicht Ihre Energie auf negative Gefühle zu verschwenden:

- **Mit allem rechnen**. Das bedeutet nicht, uns über alle möglichen Komplikationen Sorgen zu machen! Mit allem rechnen heißt, seine Erwartung anzupassen. Unsere Wut entsteht häufig aus enttäuschten

Erwartungen. Rechnen wir damit, dass Züge sich verspäten, werden wir nicht so intensive negative Emotionen empfinden, womöglich sogar überhaupt keine.

- **Plan B** für bekannte Schwierigkeiten zurechtlegen, wenn eine Alternative möglich ist. Zum Beispiel einen Zug früher nehmen, wenn eine zu frühe Anreise nicht mit zu langer Wartezeit am Zielort verbunden ist.

- **Akzeptieren**, dass Sie daran nichts ändern können und sich überlegen, wie Sie die Zeit nutzen. Zum Beispiel können Sie sich besser vorbereiten oder sich etwas Gutes tun, wie zum Beispiel ein Buch lesen, mit geschlossenen Augen entspannen oder einem geliebten Menschen eine Nachricht schicken.

EMOTIONALE SELBSTWAHRNEHMUNG: ERGRÜNDE DEINE GEFÜHLE

Dale Carnegie empfiehlt in seinem Buch „Sorge Dich nicht – lebe“, die während eines Tages oder in einer schlaflosen Nacht auftauchenden Gedanken aufzuschreiben und mögliche Gründe für diese Gefühle beziehungsweise Lösungswege zu notieren. Diese Methode eignet sich nicht nur dafür, das ständige Grübeln zu beenden, denn auf diese Weise können Sie auch Ihre Gefühlswelt und sich selbst besser verstehen. Ein Tagebuch ist dabei sehr hilfreich. Schreiben Sie am Ende eines Tages auf, was Sie erlebt haben, was Sie dabei gefühlt haben, welche Ereignisse besonders wichtig waren, was Sie für sich selbst getan haben und so weiter.

Schreiben Sie auch auf, welche Seiten Sie an sich toll finden und lesen Sie das Aufgeschriebene von Zeit zu Zeit durch. Bewerten Sie manchmal Ihr Selbstwertgefühl und schreiben Kommentare zu Ihrer Bewertung auf. Diese Notizen werden Ihnen helfen, zu erkennen, was noch Schwierigkeiten bereitet und auf welchem Wege Sie das ändern könnten. Gefühle zu äußern macht es uns leichter, sie zu ertragen. Dafür brauchen wir nicht unbedingt einen Zuhörer. Oft genügt es, sie in allen Nuancen auf einen Zettel oder in ein Tagebuch zu schreiben.

Schreiben sie täglich über mehrere Wochen lang mindestens in Stichpunkten, wie Sie die Nacht geschlafen haben, wie Sie sich in der Früh und auf dem Weg zur Arbeit gefühlt haben. Wie verlief der Arbeitstag, effektiv oder eher nicht? Wie haben Sie sich am Abend gefühlt? Können Sie schon jetzt Zusammenhänge zwischen den Tagesereignissen und Ihrer Stimmung erkennen? Lesen Sie das Geschriebene nach ein bis zwei Wochen nochmals durch und suchen Sie nach Auslösern für negative oder positive Gefühle. Was davon hat Ihre Leistungsfähigkeit verbessert?

Was hat sie verschlechtert? Bestimmt fallen Ihnen kausale Muster auf: Wenn Sie Ihren Tag mit einem Spaziergang oder einer kurzen Runde Jogging anfangen, sind Sie voller Energie und schaffen am Tag mehr, sind also am Abend umso zufriedener mit sich selbst und schlafen nachts besser? Hätten Sie womöglich beim Frühstück etwas mehr beziehungsweise weniger essen sollen? Hätten nicht nach dem Mittagessen auf der Couch dösen, sondern zur Zerstreuung im Garten buddeln sollen? Oder merken Sie vielleicht, dass es Ihnen nach einem Telefonat beziehungsweise Treffen mit einer bestimmten Person nicht besonders gut geht? Sie müssen grübeln oder befürchten, etwas zu viel erzählt zu haben? Finden Sie auf diese Weise heraus, welche Verhaltensweisen und Personen Ihnen nicht guttun und distanzieren Sie sich von ihnen, auch wenn es schwerfällt. Es gibt Menschen, die uns schaden – das können sogar unsere eigenen Eltern sein. Geben Sie ihnen eine Chance, aber machen Sie gleichzeitig deutlich, welches Verhalten oder welche Worte Sie immer wieder verletzen und warten Sie ab, ob sich etwas bessert.

In manchen Fällen liegt es aber nicht an diesen Personen, sondern an Traumata, die Sie zum Beispiel als Kind erlitten haben und die für Ihr Unwohlsein in Anwesenheit einiger Menschen verantwortlich sind. Könnte es sein, dass Ihnen in Ihren jungen Jahren vermittelt wurde, dass Sie für Ihre Mutter/Ihren Vater nie gut genug sind? Sie haben sich immer bemüht, die Anerkennung oder Liebe Ihrer Eltern zu verdienen und hatten immer wieder das Gefühl, dass Sie sich beweisen müssen? Auch wenn Ihre Eltern das mittlerweile verstanden haben und Sie nicht mehr terrorisieren (Tut mir leid, aber das ist Terror.) oder Sie einfach zu alt sind und nicht mehr die Energie haben, Ihnen etwas vorzuschreiben, kann es trotzdem passieren, dass Sie in Ihre alten Denkmuster verfallen, wenn Sie Ihre Eltern besuchen. Hier gilt erst einmal, Abstand zu nehmen und für sich zu klären, was nun die Hauptursache für diese

Gefühle ist. Wenn es doch die anderen sind, handeln Sie wie im letzten Absatz beschrieben.

EMOTIONALE SELBSTKONTROLLE

Selbstkontrolle ist eine Folge der Selbsterkenntnis. Wut oder Ärger sind zwei der Grundgefühle. Jeder ist mehr oder weniger anfällig für diese Emotionen. Dass sie entstehen, ist ganz normal, sie dürfen nur nicht überhandnehmen. Um Ihren Zorn in Schach zu halten, müssen Sie über den Grund für dieses Gefühl nachdenken. Selbstverständlich ist es schwierig, wenn man bereits stark aufgeregt ist – man möchte dem Gefühl nachgeben und es rauslassen. Doch wenn Sie Ihre Hausaufgaben gut gemacht und das Erkennen Ihrer Stimmungen geübt haben, sind Sie in der Lage, den aufsteigenden Zorn frühzeitig zu registrieren.

Zu den Gründen für solche Gefühle möchte ich nur sagen, dass nicht immer das Objekt unseres Zorns auch tatsächlich dafür verantwortlich ist. Meistens ist unsere Einschätzung über den betreffenden Menschen falsch: Wir erwarten von ihm ein bestimmtes Verhalten und kommen mit unserer Enttäuschung nicht zurecht, wenn er nicht wie erwartet handelt. Um unsere Wut erfolgreich zu kontrollieren, müssen wir zuerst Verantwortung für das Gefühl übernehmen und aufrichtig auf die Frage antworten: Was ist die Ursache dafür?

Wenn in der Tat ein anderer für die Aufregung gesorgt hat, sollten Sie sich überlegen, ob es etwas ändert, wenn Sie ihm das mitteilen. Wenn es ein Kollege oder ein Freund ist, können Sie das in angemessener Weise tun. Ist es dagegen ein Unbekannter aus der Menge, zum Beispiel ein drängelnder Autofahrer, bringt es rein gar nichts, auf ihn zu reagieren. Denken Sie immer daran: Sie können die Welt nicht verändern! Verschwenden Sie also Ihre Zeit und Energie nicht damit, jedem eine Standpauke zu erteilen und sich noch mehr Ärger einzuhandeln. Diese Menschen wissen, was sie tun und wollen nichts hören. Eher halten sie dagegen und Sie bekommen fremde Aggressionen ab. Wenn Sie der Situation nicht entkommen können, dann schalten Sie zum Beispiel Ihr Radio ein oder um. Sind Sie alleine im Auto, sprechen Sie die Worte aus, die Ihnen zu dieser Person in den Sinn kommen. Nur verändern Sie dabei Ihre Stimme: Singen Sie die Worte oder sprechen Sie sie aus während Sie breit lächeln. Sagen Sie dabei zum Beispiel: „Weißt Du, warum ich lache? Weil ich besser bin als du. Ich bin nicht so ein ..., der ...!“. Liegen solche Äußerungen Ihnen nicht oder sind Sie nicht allein, konzentrieren Sie sich auf Ihre Atmung. Atmen Sie so langsam wie möglich tief ein und aus. Zählen Sie von

1999 herunter oder buchstabieren Sie die für den Moment passenden (Schimpf-)Wörter rückwärts. Das Letztere habe ich ausprobiert – ich fand es sehr lustig.

Wir haben bereits über die körperlichen Reaktionen auf Zorn gesprochen. Die ausgeschütteten Hormone richten weniger gesundheitlichen Schaden an, wenn Sie sich durch körperliche Betätigung abreagieren. Sei es Putzen, Joggen oder Boxen – Sie haben die freie Wahl. Als ich noch bei meinen Eltern in der Nähe eines großen Flusses gewohnt habe, habe ich viel Zeit an seinem Ufer verbracht. Wenn ich aufgebracht war, sah ich mir das fließende Wasser an. War ich wütend, schmetterte ich Steine mit aller Kraft in den Fluss. Irgendwann konnte ich auf diese Bilder zurückgreifen und mich beruhigen, auch wenn es nicht möglich war, dahin zu gehen.

Manchmal hilft es, seine Wut in Worte zu fassen und aufzuschreiben. Noch besser ist es, seine **Wut als Motivation zu nutzen**, um etwas Neues anzupacken, was man schon lange vorhatte, sich nur nicht getraut oder keine Lust gehabt hat. Schon alleine die Tatsache, dass Sie sich für sich **Zeit nehmen und nachdenken** hilft, die aufsteigende Wut zu entschleunigen, weil unser Denkprozess langsamer verläuft als eine Emotion sich entfaltet. Spüren Sie aufsteigende Wut, dann zwingen Sie Ihren Verstand, die Situation kritisch zu erfassen. Vergessen Sie nicht, dass Sie eine Wahl haben, wie Sie darauf reagieren! Früh genug erkannte Wut lässt noch viel Spielraum frei. Bemerkt man das Gefühl viel zu spät, ist es viel schwieriger, sich zu beherrschen und man neigt dazu, den Emotionen freien Lauf zu lassen.

Folgen Sie nicht dem ersten Impuls, sondern halten Sie inne und ergründen Sie das Gefühl. Oft hat es nicht viel mit der Realität zu tun. Steigern Sie sich nicht hinein. Tun Sie nicht so, als ob gerade nichts passiert ist – andere Menschen können ebenfalls gut beobachten und haben Ihre Gefühlsregung womöglich bemerkt. Übernehmen Sie Verantwortung für Ihre Emotionen, schieben Sie das nicht auf andere.

Wiederum ist das gesunde **Selbstwertgefühl** sehr hilfreich. Einen ausgeglichenen, mit sich selbst zufriedenen Menschen, juckt es nicht, was andere anstellen. Sie sind es nicht wert, Ihre Energie darauf zu verschwenden und sich über andere zu ärgern. Lassen Sie den Ärger an sich abperlen – stellen Sie sich das sogar bildlich vor. Denken Sie zuerst an sich selbst und suchen Sie nach der für Sie besten Methode, die aufsteigenden Aggressionen loszuwerden.

In Worte fassen: Üben Sie es, Ihre Gefühle zu verbalisieren. Wenn Sie diese mit Worten erklären, nimmt es Ihnen den Druck und belastet Ihr Gegenüber nicht zu stark. Durch das Verbalisieren fällt häufig die zu intensive, emotionale Komponente weg, die man an

Ihren körperlichen Reaktionen (rotes Gesicht, beschleunigte Atmung etc.) sehen kann.

Die meisten denken sich nichts dabei: Wie oft haben Sie sich über einen Menschen geärgert, der seine Grenzen Ihnen gegenüber überschritten hat und haben sich gewundert, warum er nicht endlich versteht, was er Ihnen damit antut. Die erste Erkenntnis, die Ihnen hilft, Ihren Zorn in Schach zu halten ist, dass die meisten Menschen uns überhaupt nicht absichtlich verärgern. Ihnen fehlt nur die Rückmeldung. Trauen Sie sich deswegen, es anzusprechen, wenn Sie etwas stört. Beachten Sie dabei die Faustregel: Reden Sie nur, wenn IHRE persönliche Grenze und IHR Wohlbefinden verletzt werden! Diese Regel kann man auf IHRE Kinder und IHRE Schützlinge ausdehnen. Wenn eine Person mit ihrem Verhalten einem anderen oder sich selbst schadet, sind Sie nicht für die Korrektur dieses Verhaltens zuständig! Mit Ausnahme Ihrer beruflichen Verantwortung, wenn Sie zum Beispiel der Vorgesetzte sind und die Zurechtweisung von Angestellten zu Ihren direkten Aufgaben gehört.

Facial-Feedback-Methode: Die *Facial-Feedback-*Hypothese besagt, dass Menschen irgendwann die Emotionen empfinden, die Ihre Gesichtsmuskulatur in dem Moment darstellt. Dieses Wissen können Sie nutzen, um Ihre Stimmung zu beeinflussen. Ob es nun gilt, Ihre Wut zu mindern oder sich für den anstehenden Arbeitstag zu motivieren, versuchen Sie es mit einem länger anhaltenden Lächeln!

Wenn sonst nichts hilft und Sie sich in ein Gefühl (meist Selbstmitleid, manchmal auch Wut) so sehr hineingesteigert haben, dass es in einen hysterischen Anfall, Wutanfall oder gar Gewalt auszuarten droht, braucht Ihre Psyche einen Schock, um aus dieser Spirale herauszukommen. Wenn Sie merken, dass es bei Ihnen so weit ist und Sie sich nicht mehr von selbst beruhigen können, waschen Sie Ihr Gesicht mit eiskaltem Wasser oder springen Sie in den nächsten Schneehaufen, wenn im Moment Winter ist – Ja, ich habe es mir gerade auch bildlich vorgestellt und musste lachen, doch es hilft!

ANPASSUNGSFÄHIGKEIT

Gefühle zu äußern, ist sehr wichtig. Sie helfen bei der Kommunikation mit Menschen in unserer Umgebung. Wir können nicht die Gedanken voneinander lesen und sind auf Reaktionen unserer Mitmenschen angewiesen, um unser Verhalten anzupassen. Sonst würden wir immer wieder Konflikte auslösen. Wir müssen nur lernen, wann eine Gefühlsäußerung angebracht oder sogar notwendig ist und wann wir unsere Empfindungen für uns behalten sollten. Emotional intelligent zu sein bedeutet auch, die Konstellation aus Emotionen, der Umgebung und anderen Faktoren zu analysieren und sein Verhalten den Gegebenheiten anzupassen.

Stellen Sie sich vor, Sie arbeiten an einem Projekt und haben eine Abgabefrist. Ein Arbeitskollege kommt aber immer wieder und bittet um Hilfe, Erklärungen oder will sich einfach nur unterhalten. Beim ersten, vielleicht auch noch beim zweiten Mal, denken Sie sich noch nichts und helfen gern. Doch je öfter der Kollege Sie stört, desto ärgerlicher werden Sie – Ihnen wird bewusst, dass Sie Ihr Projekt nicht rechtzeitig fertig machen können oder dafür Ihre Freizeit opfern müssen, wenn das nicht aufhört. Sie möchten aber nicht der Böse sein und den Kollegen zurechtweisen in der Hoffnung, dass er es irgendwann selbst versteht.

Doch er deutet Ihre Freundlichkeit anders und freut sich schon auf die nächste Unterhaltung. Je länger Sie damit warten, desto mehr geraten Sie in Zeitdruck. Sie werden immer wütender und sagen Ihre Meinung womöglich erst dann, wenn Sie von Ihrer Wut überwältigt werden. Höchstwahrscheinlich äußern Sie das Ganze dann mit viel zu scharfen Worten und erschweren damit die weitere Zusammenarbeit mit diesem Kollegen. Vielleicht denken Sie sich gerade: „Das ist doch klar. Ich hätte ihm schon längst meine Meinung gesagt.“ Schön für Sie, wenn Sie tatsächlich rechtzeitig Ihre Grenzen abstecken können. In den meisten Situationen ist es aber nicht so einfach – man möchte nicht anecken und lenkt immer wieder ein. Wir erkennen die aufsteigende Wut oft zu spät. Wenn wir an unserer emotionalen Kompetenz arbeiten, dann lernen wir, die Problematik früher zu erkennen und rechtzeitig im sozial angemessenen Rahmen zu reagieren.

Anderes Beispiel: Sie sind eine Ärztin und haben heute so gar keine Lust zu arbeiten, sind gelangweilt oder frustriert. Was passiert, wenn Sie Ihre Gefühle Ihren Patienten mitteilen? Manche könnten das verstehen, andere würden es persönlich nehmen. Auf jeden Fall hinterlässt so eine Äußerung bei den meisten Menschen einen faden Nachgeschmack. So ein Verhalten ist beruflich unethisch. Sie sollten also einen Weg finden, sich zu motivieren. Zum Beispiel mit den Methoden, die ich im Kapitel „erste Hilfe“ beschrieben habe. Oder Sie versprechen sich eine Belohnung am Ende des Arbeitstages: Ein leckeres Essen im Restaurant, eine Süßigkeit oder ein Entspannungsbad.

Die Fähigkeit, dies zu tun, heißt „emotionale Kompetenz“. Es geht dabei darum, eigene Gefühle und die Gefühle unseres Gesprächspartners zu erkennen, zu analysieren und die effektivste Vorgehensweise zu wählen, um das persönliche Ziel zu erreichen. Dafür müssen Sie eine hohe Sensibilität entwickeln, um zu erkennen, wie Sie sich in der jeweiligen Situation verhalten sollten. Diese Benimmregeln kann man wie folgt kurz zusammenfassen: Ob man sich verbal oder nonverbal äußert, man sollte nie das eigene Selbstbild oder das seines Gesprächspartners zerstören.

LEISTUNGSORIENTIERUNG

Nachdem Sie diese Seiten gelesen haben und über den Einfluss der Emotionen auf Ihre Handlungen informiert sind, werden Sie in Zukunft in bestimmten Situationen immer wieder daran denken, ob diese Entscheidung nun von Ihren Emotionen (mit-)gesteuert wurde.

Unser Gehirn schnappt sehr schnell neue Ideen auf und analysiert sie. Somit verändert sich unsere Einstellung, ohne dass wir es bemerken. Ich versichere Ihnen: Schon während Sie diese Seiten gelesen haben, hat sich Ihre Ansicht verändert und Sie werden fortan häufiger die Emotionen Ihrer Mitmenschen wahrnehmen und darauf eingehen. Jeden Tag bietet sich die Gelegenheiten, in sich hineinzuhören und sich zu fragen, ob und wie die eine oder andere Entscheidung von unseren Emotionen beeinflusst wurde. Experimentieren Sie in ähnlichen Situationen: In welcher Umgebung und in welcher emotionalen Verfassung arbeiten Sie am effektivsten? Wie fühlen Sie sich währenddessen und danach? Auch das ist wichtig. So mancher braucht erst den Zeitdruck, um effektiver zu arbeiten.

Doch genau das meine ich nicht. Druck verursacht Stress. Oft erbringt man dabei nicht wirklich seine beste Leistung – man hat keine Zeit nachzudenken, zu überprüfen und so weiter. Auf Dauer macht uns diese Belastung krank. Suchen Sie nach der für Sie besten Motivationsquelle. Versuchen Sie es einmal mit einem zügigen Spaziergang vor der Arbeit. Ein anderes Mal schauen Sie sich ein kurzes Video von Ihrem Lieblingscomedian an. Manche stellen eine hübsche Zimmerpflanze auf ihren Arbeitstisch, ein Foto mit geliebten Menschen oder ein Plüschtier und stimmen sich auf diesem Weg positiv. Zu meiner Zeit als Studentin habe ich immer meine Freundin angerufen, bevor ich in die Bibliothek ging, um für meine Prüfungen zu lernen – wir hatten jedes Mal genug zu besprechen und es gab immer etwas zum Lachen. Oder ich schaute mir die Bilder von meinen Kindern, meinem Mann und unseren Katzen auf meinem Telefon an – das mache ich bis heute noch. Aufsteigenden Zorn können wir als Motivationsschub nutzen, um etwas in unserem Leben zu verändern oder um Mut zu finden, Kritik zu äußern oder uns durchzusetzen. Wir sollten nur wissen, WANN und WIE wir das anstellen.

Beispiel: Bei einer Besprechung scheiden sich die Geister und so zieht sich diese in die Länge. Die Diskussion geht in die zigste Runde und Frau A. spürt Aufregung in sich aufsteigen. Sie hofft, dass bald jemand anderes einschreitet oder die Diskussion schnellstmöglich ohne Ihre Bemerkung endet. Doch das passiert nicht und Frau A. ist deutlich gereizt. Sie kann ihre Emotionen nicht mehr unter Kontrolle halten und spricht emotionsgeladen aus, was sie denkt: „Das bringt doch nichts! Machen wir für heute Schluss und reden morgen darüber. Wenn wir uns dann nicht einig sind, holen wir einen unabhängigen Dritten dazu!“. Das ist kein schlechter Vorschlag. Problematisch ist nur, dass Frau A. ihrem Ärger zu viel Zeit gelassen hat und den genervten Ton nun nicht mehr verbergen konnte.

Ihr im Grunde konstruktiver Vorschlag wird daher höchstwahrscheinlich nicht als solcher wahrgenommen, sondern als Kritik abgetan.

Wenn Sie etwas ändern möchten:

• Formulieren Sie Ihre Anmerkungen positiv. Bereiten Sie sich gut vor, um präzise zu argumentieren.

• Lassen Sie nicht zu, dass Sie in diesem Moment von Ihren Emotionen überwältigt werden. Wenn es zu spät ist, gehen Sie aus der Situation raus oder lehnen sich zurück und wenden eine der oben genannten Beruhigungsmethoden an.

- Werden Sie nicht beleidigend oder herablassend. Was wollen Sie erreichen? Halten Sie Ihr Ziel vor Augen und bleiben Sie sachlich. Sie bewirken kaum etwas, wenn Ihr Gegenüber wütend wird.

POSITIVE EINSTELLUNG

Selbstliebe entdecken

Wir können andere Menschen nicht akzeptieren oder lieben, wenn wir uns selbst nicht lieben oder akzeptieren! Haben Sie schon einmal das Gefühl der inneren Unruhe erlebt, dessen Grund für Sie aber unklar war? Ist Ihnen vielleicht aufgefallen, dass Sie andere Menschen als schlechter einschätzen, wenn Sie gerade unglücklich oder mit sich selbst unzufrieden sind? Wie oft sind Sie mit sich selbst unzufrieden?

Studien zufolge sind vor allem Frauen besonders selbstkritisch. In unserer leistungsorientierten Gesellschaft ist es natürlich schwierig, Kinder und Karriere zu vereinen. Und in den Medien sehen wir schöne retuschierte Models – da bleibt einer Frau nichts mehr übrig, als Komplexe zu entwickeln. Von einem Mann wird erwartet, dass er erfolgreich ist und seine Familie nicht nur ernähren, sondern ihr auch einen gewissen Luxus bieten kann. Seit unserer Kindheit versuchen wir, Anforderungen der Gesellschaft, der Eltern, des Ehepartners und so weiter, gerecht zu werden und vergessen dabei völlig uns selbst und unsere Bedürfnisse. Uns plagt der Gedanke, dass wir nicht genug getan haben, wir liegen nachts wach und grübeln.

Dabei geraten wir in einen Teufelskreis, denn wie ich bereits erwähnt habe, schaden negative Gefühle unserer Leistungsfähigkeit und unserer körperlichen sowie psychischen Gesundheit.

Hören Sie auf mit der Selbstkritik! Ich versichere Ihnen: Meistens ist sie ungerechtfertigt. Erlauben Sie sich, Fehler zu machen – wir sind keine Roboter und keine Hellseher. Wir treffen eine Entscheidung, die uns in diesem Moment als richtig erscheint und dürfen uns also nicht verurteilen, wenn die Folgen doch nicht so waren, wie wir es erhofft haben. Wir haben daraus gelernt und können das abhaken. Denken Sie an Ihre Kindheit zurück: Wie haben Sie zum Beispiel das Fahrradfahren gelernt? Wahrscheinlich sind Sie zuerst mit der Hilfe anderer oder mit Stützrädern gefahren und auch das eine oder andere Mal gestürzt. Was wäre, wenn Sie sich nach dem ersten Sturz in Ihrem Zimmer verkrochen und sich mit Selbstvorwürfen gequält hätten? Hätten Sie dann das Fahrradfahren gelernt? Wahrscheinlich nicht.

Genauso ist es im Leben! Auch erfolgreiche Menschen machen Fehler und das sogar noch häufiger als diejenigen, die sich vor der Welt verstecken und in Schuldgefühlen versinken. Ein erfolgreicher Mensch ist in der Welt unterwegs, er stößt täglich auf Herausforderungen. Er weiß, dass Fehler passieren, doch er packt die Sache mit neuen Erkenntnissen wieder an und gibt nicht auf. Er verschwendet keine Zeit auf Selbstkritik, weil das nichts bringt.

Um Ihr Selbstwertgefühl zu schützen, sollten Sie fremde Kritik nur selektiv wahrnehmen. Sind es gut gemeinte Ratschläge für Ihren beruflichen Erfolg oder Ihr Wohlbefinden, dann hören Sie es sich an. Die Entscheidung, ob Sie diese aber auch umsetzen, treffen ausschließlich Sie und sind damit niemandem eine Rechenschaft schuldig, warum Sie den einen oder anderen Rat nicht befolgen. Versuchen Sie, nicht jedem alles recht zu machen – das können Sie gar nicht! Irgendwer wird Ihnen immer sagen: „Das kannst Du nicht!“, „Das solltest Du nicht!“ oder „Du bist nicht gut genug!“. Es findet sich immer einer, der uns eins auf den Deckel gibt. Hören Sie nicht darauf! Sie sind für Ihr Leben verantwortlich und Entscheidungen dürfen auch NUR SIE treffen, solange Sie mit Ihren Entscheidungen, die Freiheiten oder das Wohl anderer nicht gefährden. Wenn andere Ihnen ihre Meinung aufzwingen wollen und deswegen verärgert sind, ist es nicht Ihr Problem. Befreien Sie sich davon!

Sie sind einzigartig, so wie Sie sind. Es gibt keinen anderen, der genauso ist – das ist das Schönste an unserer Welt! SIE bereichern unsere Welt! Wenn Sie sich vor einen Spiegel stellen, werden Sie bestimmt viele Dinge an sich finden, die Ihnen und anderen gefallen.

Wenn Sie an Ihren Charakter denken, finden Sie auch Eigenschaften, die Sie besonders liebenswert machen. Oder Sie sind eine tolle Mama, ein besonders fürsorglicher Papa, Sie können besonders schön malen, lecker kochen, tanzen, reiten und so weiter. Sie verfügen ganz bestimmt über einige Fähigkeiten, die Sie von anderen Menschen unterscheiden und Sie wertvoll machen. Ruhen Sie sich aber nicht auf den Lorbeeren aus. Erfolgreiche Menschen entwickeln sich permanent weiter.

Nach all den schönen Eigenschaften an Ihnen, die wir gerade gefunden haben, sind immer noch einige da, die Sie gerne verbessern oder sich aneignen würden. Schöpfen Sie aus Ihrer Unzufriedenheit die Kraft, etwas in Ihrem Leben zu verändern. Wollen Sie einen bestimmten Beruf erlernen, informieren Sie sich über alle Voraussetzungen und erarbeiten für sich einen Plan, wie Sie das erreichen könnten. Geht es um einen Beruf oder um Sie als Persönlichkeit, fragen Sie sich, welche

Eigenschaften oder Fähigkeiten Sie gerne hätten, was dafür notwendig wäre und unternehmen Sie die ersten Schritte in die richtige Richtung.

Wenn Sie unzufrieden mit Ihrem Äußeren sind, überlegen Sie sich, was Sie dagegen tun können: Vielleicht fehlt nur ein wenig Disziplin für regelmäßige körperliche Betätigung. Oder Sie sehen abgespannt aus, weil Sie zu viel auf Ihre Schultern aufladen und keine Zeit haben, um sich selbst zu erholen und zu pflegen. Vielleicht genehmigen Sie sich das sogar nicht, weil Sie denken, dass Sie es nicht verdient haben. Lösen Sie sich von solchen Gedanken! Nehmen Sie sich Zeit und genießen ein warmes duftendes Schaumbad, pflegen Sie Ihre Haut, legen Sie sich in die Sonne und tanken Energie, machen Sie Ihre Nägel oder gehen Sie zu einem Stilberater. Sie werden merken, dass Sie sich wohler fühlen und mit neuer Energie Ihr Leben verändern werden.

Für gute Stimmung sorgen

Unsere Laune beeinflusst unsere Einschätzung einer Person oder einer Situation. Allein schon diese Erkenntnis hilft Ihnen in Ihrem Alltag weiter. Stellen Sie sich vor, dass Ihre Tochter Ihnen ihren aktuellen Freund vorstellt. Horchen Sie in sich hinein: Wie sind Sie gerade gelaunt? Könnte es sein, dass Sie sich heute über etwas aufregen mussten und der „Nachgeschmack“ noch in Ihnen rumort? Nehmen Sie sich eine Minute Zeit, verlassen Sie den Raum, atmen Sie sehr langsam und tief ein und aus und erinnern Sie sich an die glücklichsten Momente Ihres Lebens. Verbleiben Sie bei den Gefühlen, die Sie damals hatten. Sie werden merken, dass sich Ihre Laune verbessert hat. Wenn Sie jetzt zurück zu dem/den Menschen gehen, werden Sie sichtbar entspannter sein, was auch Ihr Gesprächspartner merken wird – das stimmt auch Ihr Gegenüber positiver und das Gespräch wird für Sie beide angenehmer verlaufen.

Alternativ könnten Sie sich wieder in Erinnerung rufen, warum Sie diesen Beruf gewählt haben, was Ihnen an Ihrer Tätigkeit gefällt oder wie Sie sich gefreut haben, diese Stelle bekommen zu haben. Oder Sie denken an Positives in der Zukunft. Zum Beispiel, dass dieses Gespräch zufriedenstellend verlaufen und Ihnen den beruflichen Alltag erleichtern wird oder Sie auf eine andere Weise voranbringt, dass der junge Mann Ihre Tochter liebt und sie glücklich machen wird. Wenn Sie in Ihren Erwartungen auf Gutes eingestellt sind, werden Ihnen auch mehr positive Seiten an dem Menschen auffallen. Erwarten Sie dagegen Schlechtes, konzentrieren Sie sich auch dementsprechend auf die vermeintlichen Defizite Ihres Gesprächspartners. Das spiegelt sich auch in Ihrem Gesicht wider und verrät Ihre Einstellung.

Eigentlich ist es für unseren Körper egal, auf welchen Wegen er positive Reize empfängt. Wenn Sie zu tief in destruktive Gedanken vertieft sind und oben beschriebene Lösungen nicht greifen, können Sie sozusagen „diese Leitungen überbrücken". Dafür müssen Sie den Verstand mit körperlichen Empfindungen austricksen. Essen Sie zum Beispiel ein Bonbon, streicheln sich leicht über die Stirn oder den Arm, kuscheln Sie mit Ihrem Haustier – tun Sie etwas Angenehmes. Wenn ich außer Haus bin und mich schnell entspannen möchte, hilft es mir, kurz mit geschlossenen Augen das Gesicht in die Sonne zu halten. Wenn ich in einem Gebäude bin, gehe ich auf die Toilette und lasse warmes Wasser über meine Hände fließen. Und jetzt eine Hausaufgabe: Finden Sie in den nächsten Tagen heraus, was Sie am schnellsten in eine gute Laune versetzt!

Ein Hinweis wäre an dieser Stelle noch ausgesprochen wichtig: Schlechte Gefühle nicht zuzulassen oder in Grenzen zu halten, bedeutet nicht, sie gänzlich zu ignorieren. Generell sollten Sie Ihren Gefühlen lauschen und nach Ursachen dafür suchen. Mit Emotionen ist es wie mit körperlichen Schmerzen – sie signalisieren uns, dass etwas nicht stimmt. Wenn man belastende Emotionen oder Erinnerungen verdrängt, akkumulieren sie sich und brechen irgendwann unkontrollierbar heraus.

Die Folgen können Nervenzusammenbrüche oder Wutanfälle sein, die der Beziehung oder Ihnen beruflich schaden könnten. Gutes kommt dabei auf jeden Fall kaum zustande. Prüfen Sie deshalb Ihre Stimmung, gehen Sie Problemen auf den Grund und führen Sie ein Protokoll wie im Kapitel „Emotionale Selbstwahrnehmung: Ergründe deine Gefühle". Begrenzen Sie jedoch die Zeit, in der Sie sich mit Ihren negativen Emotionen auseinandersetzen, sonst nimmt es überhand. Finden Sie für sich selbst heraus, was Ihnen hilft, schnell wieder da heraus zu kommen. Sicherlich finden Sie den einen oder anderen Ratschlag aus dieser Lektüre hilfreich. Behalten Sie Ihr emotionales Gleichgewicht.

Achten Sie dafür ganz genau darauf, wie oft und wie lange Ihre Gedanken um Ihre schlechten Erfahrungen kreisen. Unterbrechen Sie das bewusst und lenken Sie sich mit einer Aktivität ab, bei der es nicht möglich ist, in Gedanken abzuschweifen. Rufen Sie jemanden an oder schalten Sie Ihre Lieblingsmusik ein und versuchen Sie, möglichst textsicher mitzusingen oder Sie nehmen sich einen kurzen Text und übersetzen in eine andere

Sprache. Kämpfen Sie aktiv dagegen an und lassen Sie sich nicht von belastenden Gedanken einnehmen.

Sorgen Sie jeden Tag für Ihr Wohlbefinden. Positive Empfindungen, sowohl körperliche als auch seelische, sollten überwiegen. Identifizieren und verbannen Sie eingebildete Glücklich-Macher wie Alkohol, Drogen, Glücksspiele oder maßloses Essen. Wohlgefühl, das dabei entsteht, täuscht nur. Den Tag passiv zu erleben, schadet Ihrer Psyche gleichermaßen oder sogar noch mehr als Ihrem Körper. Nehmen Sie sich Zeit für sich und beschäftigen Sie sich mit Ihrer Körperpflege. Sie könnten für sich ein Hobby suchen oder etwas Neues in einem VHS-Kurs erlernen – dabei treffen Sie auf andere Menschen und schließen vielleicht neue Freundschaften. Sie könnten zudem einen Fünf-Jahres-Plan ausarbeiten. Dabei schreiben Sie auf, wo Sie in fünf Jahren sein möchten, was Sie bis dahin erreichen wollen und verwirklichen Ihren Traum täglich Schritt für Schritt. Abwechslung, ein aktives Leben, Zielstrebigkeit und persönliche Weiterentwicklung machen auf Dauer glücklicher.

Erwartungshaltungen überdenken

Genauso wie Zorn manchmal aus unserer falschen Einschätzung entsteht, ist auch unser Angstgefühl das Ergebnis der Bewertung einer Situation und deren möglichen Folgen. Deswegen ist der erste Schritt aus diesem Teufelskreis: Umerziehung Ihrer Psyche. Sie bevorzugen negative Denkmuster und diese müssen korrigiert werden. Schreiben Sie auf, was Sie befürchten und formulieren Sie diese Befürchtungen in konstruktive, positive Aussagen um. Wiederholen Sie diese immer und immer wieder. Sagen Sie zum Beispiel nicht: „Ich muss am Freitag einen Vortrag halten", denn damit stellen Sie sich nur darauf ein, dass jemand Ihnen seinen Willen aufzwingt. Stattdessen sehen Sie das als eine Chance: „Ich packe es an und beweise, dass ich der/die Richtige für diesen Job bin!" Benutzen Sie dafür kurze Sätze. Suchen Sie nach der Lösung für das Problem und motivieren sich in Gedanken, diesen Lösungsweg anzupacken. Gehen Sie Ihn gedanklich Schritt für Schritt durch, um für sich eine deutliche Handlungsanleitung zu schaffen. Sprechen Sie dabei immer Ihre Person an: „Ich werde.../Ich will...".

Sind wir gut gelaunt, denken wir positiver, können uns länger konzentrieren und effektiver arbeiten. In der Schmerztherapie hat man einen Zusammenhang zwischen der Stimmung eines Schmerzpatienten und der Intensität seiner Schmerzen festgestellt. Dass ein Mensch emotional belastet und schlechter gelaunt ist, wenn er stärkere Schmerzen empfindet, ist Ihnen wahrscheinlich klar. Diese Wirkung kann man aber ebenso in umgekehrte Richtung beobachten: Je besser eine Person gelaunt ist, desto geringer ist das Schmerzempfinden. Sorgen Sie also nach Möglichkeit für eine gute Stimmung.

Vermeiden Sie Problemwörter. Dabei sollten Worte wie „kein“ und „nicht“ ebenfalls ausgeschlossen werden. Die Aussage: „Ich habe keine Angst vor Publikum zu sprechen!“ enthält das Wort „Angst“. Unser Verstand kann mit Worten „nicht“ und „keine“ aber nicht umgehen. Er registriert das Wort „Angst“ und versteift sich darauf.

Sich immer wieder zu wiederholen: „Ich schaffe das!“, bringt nicht viel. Präzisieren Sie: „Mein Vortrag am Freitag wird überzeugen. Dass ich diese Aufgabe bekommen habe, spricht dafür, dass man es mir zutraut. Ich kann das!“ Tauchen in Ihren Gedanken sorgenvolle Fragen wie: „Was wäre, wenn...“ auf, beantworten Sie sie, als ob Sie einen Freund beruhigen und ihm Mut machen wollen: „Was passiert, wenn ich mittendrin vergesse, was ich sagen wollte?“ – „Das wird nicht passieren, weil ich mich gut vorbereiten werde. Und wenn doch, nehme ich einen Schluck Wasser, lächle und schaue in meinen Notizen nach – ist ja schließlich erlaubt.“ Überlegen Sie sich einen humorvollen Kommentar für so einen Fall – das entspannt die Situation und macht Sie sympathischer.

Achten Sie darauf, dass Ihre Einschätzungen realistisch bleibt. Dass sich jemand mal nicht überzeugen lässt, ist ganz normal. Lassen Sie sich davon nicht entmutigen. Vermeiden Sie Selbstzweifel. Atmen Sie tief durch und entspannen Sie sich. Gehen Sie spazieren oder nehmen Sie ein Bad. Wenn unser Körper sich wohl fühlt, werden unsere Gedanken positiv beeinflusst.

Und zum Schluss ganz wichtig: Bereiten Sie Ihre Präsentation gut vor! Sammeln Sie Erfahrung in praxisorientieren Seminaren.

EMPATHIE

Wenn Sie nicht auf die Gefühle anderer achten, entgehen Ihnen bestimmte entscheidende Signale, die Ihnen nützliche Informationen liefern und bei der Entscheidungsfindung helfen könnten. Die Fähigkeit, Menschen zu lesen, würde Ihnen vieles in Ihrem beruflichen und privaten Alltag erleichtern. Hinzu kommt: Wer Mitgefühl zeigt, wirkt sympathischer. Empathische Menschen haben viele Freunde und sind auch im Beruf schneller erfolgreich als ihre weniger empathischen Kollegen. Empathie lernen lohnt sich also.

Doch dazu gehört nicht nur das Wahrnehmen von Gefühlen unserer Mitmenschen. Eine empathische Person kann sich in einen anderen hineinversetzen und nachempfinden, was er in der jeweiligen Situation gefühlt haben muss. Sie kann seine Beweggründe nachvollziehen und aufrichtig ihre Anteilnahme zeigen. Dafür muss man zuerst seine eigenen Gefühle ergründen. Wer bestimmte Gefühle bei sich selbst verdrängt, wird sie unbewusst auch bei anderen ausblenden. Denn was uns Angst macht, wollen wir nicht sehen. Auch wenn ich mich wiederhole: Deshalb ist es wichtig, sich mit seinen eigenen Emotionen auseinanderzusetzen, dann öffnet man sich auch für die

Empfindungen anderer. Eine gewisse soziale Erfahrung gehört ebenfalls dazu.

Nehmen Sie sich Zeit und fragen Sie sich:

- Wie geht es dem anderen gerade?
- Was kann ich an seiner Körpersprache und Mimik erkennen?
- Wie klingt seine Stimme heute?
- Kenne ich die Ursachen für diese Stimmung?
- Ist es angebracht, ihn danach zu fragen oder sollte ich ihm lieber einfach etwas Gutes tun und Rücksicht darauf nehmen, ohne etwas zu sagen?
- Wie würde er darauf reagieren?
- Wie würde ich mich in dieser Situation fühlen?
- Wie würde ich reagieren?

Je mehr Erfahrung man mit sich selbst und mit seinen Mitmenschen hat, desto sensibler wird man Emotionen wahrnehmen und verstehen können. Aber nicht alle Menschen zeigen ihre Gefühle deutlich. Kultureller Hintergrund, Erziehung oder schlechte Erfahrungen bringen Menschen dazu, sich zu verschließen. Sie lernen, Ihre Gefühle nicht nach außen zu zeigen.

Doch wenn wir aufmerksam sind und diesen Menschen kennenlernen, werden wir auch seine Stimmung erkennen können. Man kann nämlich nicht alle Gefühle vollständig unterdrücken. Unsere Körpersprache und unsere Stimme können wir nicht immer beeinflussen. Daran erkennt ein aufmerksamer Beobachter, wie wir uns fühlen oder zum Bespiel auch, ob wir gerade die Wahrheit sagen beziehungsweise etwas verschweigen wollen. Wenn körperliche Signale einer Person nicht mit ihren Worten übereinstimmen und den Worten mit einer kleinen Verspätung folgen oder wenn die Sprechweise sich nicht der Situation entsprechend verändert hat, bedeutet es, dass sie sich bemüht, etwas zu verheimlichen. Zum Beispiel: Erzählt jemand etwas Aufregendes, spricht er in der Regel schneller und in einer höheren Tonlage und gestikuliert dabei viel.

Je schwächer die Emotionen und die körperlichen Signale geäußert werden, desto schwieriger ist es, einen Menschen zu lesen und desto sensibler müssen Sie werden. Sich Zeit nehmen, beobachten und analysieren anhand dessen, was Sie bis jetzt über diese Person wissen, hilft Ihnen dabei.

Der Vorteil der Empathie und im Allgemeinen der emotionalen Kompetenz ist, dass Sie nach wenigen Minuten erkennen können, wie Ihr Gegenüber gerade empfindet. Gute Menschenkenntnis hilft Ihnen, den Charakter Ihres Gesprächspartners einzuschätzen und die richtige Verhaltensweise im Umgang mit ihm zu wählen.

Eine kleine Warnung: Stark ausgeprägte Empathie kann aber zur Belastung werden. Sind Sie ein besonders sensibler Mensch und können nur schwer Nein sagen, werden Ihre Herzensgüte und Hilfsbereitschaft von Arbeitskollegen gerne ausgenutzt. Sie nehmen zu viel auf sich und überlasten sich. Außerdem besteht die Gefahr, Opfer eines geschickten Betrügers zu werden, wenn Sie sich in seine schauspielerische Darstellung zu sehr hineinfühlen und ihm Glauben schenken. Scheuen Sie nicht, seine Motive zu hinterfragen und Informationen zu überprüfen.

ORGANISATORISCHE ZUSAMMENHÄNGE VERSTEHEN

Immer wieder ertappe ich mich bei dem Gedanken, dass ich die Ratschläge, die ich hier hinschreibe, schon lange selbst nicht mehr befolge – wie gesagt: Faulheit, aber ich bin eben auch nur ein Mensch. Wenn ich mir gerade meinen Schreibtisch ansehe, dann wird mir übel: Wie kann ich da etwas finden, wenn es mal dringend gebraucht wird? Und was für ein Aufwand wird es erst sein, dieses Chaos wieder zu sortieren. Viele können mich verstehen: Haushalt, Kinder, Job, Beziehung und so weiter. Das alles muss in Einklang gebracht werden. Ich möchte hier ein paar grundlegende Vorgehensweisen aufzeigen, wie man doch noch alles unter einen Hut bringen kann – und sobald ich das geschrieben habe, klappe ich meinen Laptop zu und setze das in die Tat um. Versprochen!

Zeitmanagement oder Selbstmanagement ist die Kunst, seine Arbeitszeit sinnvoll aufzuteilen, um sie möglichst effektiv zu nutzen, ohne in Stress zu geraten. Dies ist möglich, wenn Sie:

1) **Zeit begrenzen**. Setzen Sie sich für jede geplante Aufgabe ein **knappes** Zeitlimit. Auf diese Weise erreichen Sie zwei Ziele: Erstens erzeugen Sie Druck, der dennoch nicht mit Stress verbunden ist, da er nicht von einer anderen Person ausgeht. Zweitens verschwenden Sie nicht unnötig Unmengen an Zeit und Energie, wenn Sie mit der gestellten Aufgabe nicht weiterkommen. Wenn es nicht vorangeht, dann nehmen Sie Abstand von der Aufgabe und versuchen es später noch einmal. Stellen Sie sich immer einen Wecker und hören Sie sofort auf, sobald er klingelt. Planen Sie für diese Aufgabe, wenn sie nicht erledigt ist, ein anderes Zeitfenster ein.

2) **Lernen, Aufgaben abzugeben**. Sie können nicht immer alles schaffen. Der Tag ist nicht länger als 24 Stunden und so ist auch Ihre Zeit und Energie begrenzt. Sie müssen entweder unwichtige Aufgaben aus der To-

Do-Liste komplett streichen oder jemand anderen damit beauftragen.

Die sogenannte Eisenhower-Matrix verrät, wie Sie eine Entscheidung treffen könnten:

Aufgaben	Wichtig	Unwichtig
dringend	für heute einplanen	abgeben
nicht dringend	verschieben	streichen

3) **Nicht versuchen, mehrere Sachen gleichzeitig zu machen**. Sie denken, dass Sie damit Zeit sparen. Tatsächlich ist Multitasking aber kontraproduktiv, selbst wenn Sie eine Frau sind. Sie geraten in Stress und vernachlässigen eine der Aufgaben, was schlimmstenfalls noch mehr Arbeit zur Folge hat. Ein triviales Beispiel: Kochen und nebenbei Geschirr spülen oder putzen. Ja gut, nicht alle sind Hausfrauen. Dann so: Sie telefonieren gerade mit Ihrer Frau und schreiben gleichzeitig eine E-Mail, weil Sie einen Handwerker in Ihr Haus bestellen müssen und das womöglich sogar während Ihrer Arbeitszeit. Sie haben die E-Mail fertiggeschrieben und abgelenkt durch das Gespräch vertippen Sie sich in der Adresszeile, wodurch die E-Mail an Ihren Chef geschickt wird. Die Folgen dessen

hängen davon ab, wie tolerant Ihr Vorgesetzter ist. Unangenehm wird es dennoch!

4) **Aufgaben teilen.** Manche Aufträge oder Ziele sind komplex und schwierig und damit oft an einem Tag nicht zu erreichen. Ist es möglich, Ihr Vorhaben in kleinere Teilaufgaben aufzuteilen, tun Sie das und planen dazwischen eine Abwechslung ein. Das muss nicht unbedingt eine Erholungspause sein, sondern einfach etwas anderes, damit Ihre Motivation nicht das Handtuch wirft.

5) **Social Media und Co. nur zu bestimmten Zeiten nutzen.** Handy- oder PC-Spiele, Internetforen, Twitter, Facebook und ähnliches sind Zeitfresser. Wir sind mittlerweile abhängig von unseren Mobiltelefonen, schauen stündlich oder sogar öfter nach, ob wir eine Nachricht bekommen haben oder erlauben uns auch mal, eine Runde Candy Crush zu spielen. Planen Sie diese Beschäftigungen ebenfalls ein. Außerhalb der geplanten Zeit sind sie tabu.

6) **Routiniert darin werden.** Die meisten Tagesabläufe machen wir immer auf dieselbe Weise und in derselben Zeit. Erstellen Sie deshalb für sich einen allgemeinen Plan, der jeden Tag passt. Zum Beispiel: Aufwachen 6

Uhr, Frühstücken/Kaffee 20 Minuten, mit dem Hund Gassi gehen 30 Minuten, Duschen 20 Minuten, E-Mails checken/beantworten 30 Minuten, Nachrichten lesen 10 Minuten und so weiter. Die ersten Stunden in der Früh sehen meistens gleich aus. Wenn wir durch jeden Morgen routiniert gehen, bleibt uns zumindest in dieser Zeit der Stress vom Hals. Man spart außerdem Zeit, wenn man keine Ablenkung zwischendurch zulässt.

7) **Alles aufschreiben.** Wie bereits im Kapitel „Probleme mit ‚Herz und Verstand‘ lösen“ beschrieben wurde, ist es wichtig, sich anzugewöhnen, nicht nur Sorgen, sondern auch Pläne und ausstehende Aufgaben aufzuschreiben. So verpassen Sie keinen Termin, verplanen Ihre Zeit nicht doppelt und vergessen nicht etwas, das zu erledigen war. Halten Sie also immer einen Notizblock bereit.

8) **Zeitpuffer einplanen.** Es kann immer irgendetwas schief gehen: Der Bus verspätet sich, die Besprechung dauerte länger als geplant, es gab einen unerwarteten Anruf, die Hose ist zerrissen und vieles mehr. Wenn Sie Ihren Zeitplan zu eng setzen, könnte es passieren, dass Sie sich wegen einer Panne am Morgen zu einem Termin verspäten. Und weil jeder Termin seine Zeit dauert, verschiebt sich Ihr Plan immer weiter und Sie kommen

zu jedem weiteren Termin zu spät. Planen Sie deshalb Zeitpuffer ein, die Ihre Pünktlichkeit gewährleisten. Wenn alles nach Plan läuft, können Sie die freie Zeit nutzen, um auszuspannen oder eine kleine Aufgabe aus Ihrer To-Do-Liste zu erledigen.

9) **Ordnung halten und sich vorbereiten.** Ein aufgeräumter Schreibtisch und gut geordnete Unterlagen sparen viel Zeit. Wir müssen nicht immer wieder den riesigen Stapel Dokumente durchsuchen, wenn wir ein bestimmtes Schriftstück brauchen. Wenn wir am Abend die Tasche mit allen Unterlagen für den Termin am Morgen gepackt haben, müssen wir nicht in der Früh gestresst herumlaufen und gehetzt nachdenken, ob wir nicht doch etwas vergessen haben. Wenn wir uns für ein Gespräch vorbereitet und vielleicht sogar ein paar Argumente auf einen Zettel geschrieben haben, bleiben die Argumente besser in unserem Gedächtnis und wir sind viel ruhiger und selbstsicherer bei der Präsentation, dem Verkaufsgespräch oder ähnlichem.

EINFLUSS NEHMEN

Jeder von uns hat schon einmal die Gefühle anderer beeinflusst und weiß, wie das geht. Im Grunde machen wir es täglich im Umgang mit unseren Mitmenschen – bewusst oder unbewusst. Am einfachsten ist es, jemanden zu ärgern. Bei der emotionalen Kompetenz handelt es sich aber um die Fähigkeit, eigene und fremde Gefühle in eine konstruktive Bahn zu lenken und sie bewusst zu regulieren. Wie gut sind Sie darin, wütende Menschen zu beruhigen? Können Sie sich und andere motivieren, die Stimmung verbessern oder zu etwas ermutigen? Das ist nicht so einfach!

Nicht umsonst müssen Psychologen und ähnliche Spezialisten studieren, um Menschen helfen zu können. Sie müssen wissen, welche Emotionen welche Auswirkungen haben und können bei ihrer Bewältigung behilflich sein.

Da in unserer Gesellschaft bis vor Kurzem den Gefühlen eine sehr geringe Rolle zugesprochen wurde, sind wir mit dieser Einstellung aufgewachsen und berücksichtigen unsere Gefühle bei unserer Entscheidungsfindung nicht oder nur selten. Wie sieht es bei Ihnen aus? Hatten Sie vielleicht schon einmal den Gedanken, dass Gefühle im Beruf nutzlos sind oder dass Ihre Gefühle niemanden etwas angehen? Mussten Sie schon einmal vor anderen Menschen weinen? Wie haben Sie sich dabei gefühlt? Schämten Sie sich vielleicht? Ich muss zugeben, ich schäme mich bis heute noch, wenn ich vor anderen Menschen weinen muss.

Wie bereits im Kapitel „Erste Hilfe“ beschrieben, beeinflusst unsere Stimmung unsere Entscheidungen. Diese Tatsache können Sie nutzen, um Menschen zu Ihren Gunsten entscheiden zu lassen. Stellen Sie sich vor, dass zwei Kunden in einem Schuhgeschäft das gleiche Problem haben: Sie finden die gewünschten Schuhe nicht in ihrer Größe. Der erste Kunde geht zur Verkäuferin, hält ihr die Schuhe hin und fragt, ob sie ihm diese eine Größe größer geben könnte. Der andere Kunde kommt mit einem Lächeln an sie heran, lobt die große Auswahl und die Freundlichkeit der Angestellten und bittet sie dann, nach den passenden Schuhen zu suchen. Es ist ganz offensichtlich, für welchen Kunden die Verkäuferin nicht nur im Laden, sondern auch im Lager nachschauen würde.

Die Realitätswahrnehmung eines Menschen wird durch seine Gefühlslage beeinflusst. Unsere kognitive und körperliche Leistungsfähigkeit können wir mithilfe positiver Emotionen steigern oder auch mindern. Forscher haben herausgefunden, dass Schüler sich in einer angstfreien Atmosphäre mehr Inhalte merken und später wiedergeben können als unter Druck. Mittlerweile gestaltet man Seminarräume möglichst angenehm und sorgt für eine gute Kommunikation in der Lerngruppe, um die Lerninhalte effektiver zu vermitteln. Um die Arbeitsleistung in einem Großraumbüro zu steigern, werden Teambildungsevents organisiert.

Ein smarter neuer Angestellter beginnt den ersten Arbeitstag mit einer Vorstellungsrunde mitsamt Kaffee und Kuchen für alle. Er weiß, dass der erste Eindruck wichtig ist und möchte die neuen Kollegen positiv stimmen. Auch Politiker nutzen diese Methode: Kurz von den Wahlen wird alles unternommen, um positive Stimmung im Land zu schaffen, Versprechungen werden gegeben oder auch erfüllt, Geschenke werden verteilt. Geschäftsabschlüsse werden gerne in einem Restaurant getätigt, weil das gute Essen den potentiellen Kunden oder Partner milde stimmt.

Sind Sie vielleicht der Meinung, dass solche Manipulationen bei Ihnen nicht wirken oder dass Ihre Entscheidungen nicht von Ihrer Laune gelenkt werden? Wenn Sie müde und gereizt nach Hause kommen und Ihr Kind sein Zimmer immer noch nicht aufgeräumt hat, wären Sie dann nicht verärgert? Wie würde die Situation aussehen, wenn Sie nach einem Treffen mit einer guten Freundin bei sonnigem Wetter gut gelaunt und erholt heimkommen? Ich denke, Sie wären geduldiger und würden Ihr Kind noch einmal darum bitten, sein Zimmer aufzuräumen. Womöglich werden Sie sogar ein Auge zudrücken und nichts sagen.

Nachdem Sie diese Seiten gelesen haben und über den Einfluss der Emotionen auf Ihre Handlungen informiert sind, werden Sie in Zukunft in bestimmten Situationen immer wieder daran denken, ob diese Entscheidung nun von Ihren Emotionen (mit-)gesteuert wurde.

Unser Gehirn schnappt sehr schnell neue Ideen auf und analysiert sie. Somit verändert sich unsere Einstellung, ohne dass wir es bemerken. Ich versichere Ihnen: Schon während Sie diese Seiten gelesen haben, hat sich Ihre Ansicht verändert und Sie werden fortan häufiger die Emotionen Ihrer Mitmenschen wahrnehmen und darauf eingehen. Jeden Tag bietet sich die Gelegenheiten, in sich hineinzuhören und sich zu fragen, ob und wie die eine oder andere Entscheidung von unseren Emotionen beeinflusst wurde. Experimentieren Sie in ähnlichen Situationen: In welcher Umgebung und in welcher emotionalen Verfassung arbeiten Sie am effektivsten? Wie fühlen Sie sich währenddessen und danach? Auch das ist wichtig. So mancher braucht erst den Zeitdruck, um effektiver zu arbeiten. Doch genau das meine ich nicht. Druck verursacht Stress. Oft erbringt man dabei nicht wirklich seine beste Leistung –

man hat keine Zeit nachzudenken, zu überprüfen und so weiter.

Auf Dauer macht uns diese Belastung krank. Suchen Sie nach der für Sie besten Motivationsquelle. Versuchen Sie es einmal mit einem zügigen Spaziergang vor der Arbeit. Ein anderes Mal schauen Sie sich ein kurzes Video von Ihrem Lieblingscomedian an. Manche stellen eine hübsche Zimmerpflanze auf ihren Arbeitstisch, ein Foto mit geliebten Menschen oder ein Plüschtier und stimmen sich auf diesem Weg positiv. Zu meiner Zeit als Studentin habe ich immer meine Freundin angerufen, bevor ich in die Bibliothek ging, um für meine Prüfungen zu lernen – wir hatten jedes Mal genug zu besprechen und es gab immer etwas zum Lachen. Oder ich schaute mir die Bilder von meinen Kindern, meinem Mann und unseren Katzen auf meinem Telefon an – das mache ich bis heute noch.

COACH UND MENTOR SEIN

Ein guter Vorgesetzter ist in vielerlei Hinsicht von Vorteil für ein Unternehmen. Unter einer guten Leitung sind die Angestellten weniger gestresst, sie vertrauen ihm und arbeiten gerne und somit effektiv. Welche Fähigkeiten sollte man als Chef also mitbringen und wie kann man diese verbessern? Ein teamfähiger Vorgesetzter kennt sein Team.

Er teilt daher Aufgaben sinnvoll unter den Teammitgliedern auf, um die Stärken eines jeden Teammitglieds bestens einzusetzen. Er fördert partnerschaftliche Zusammenarbeit im Team und vermittelt bei Konflikten, denn er weiß: Wenn das zwischenmenschliche Klima nicht stimmt, sinkt die Motivation und die Produktivität der Angestellten. Ein teamfähiger Chef sein, bedeutet außerdem noch, vor seinem Vorgesetzten Verantwortung für sein Team und deren gelegentliche Fehler zu übernehmen.

Dennoch kann ein Vorgesetzter nicht nur ein Freund sein, denn er muss sich auch durchsetzen. Nicht alle Aufträge sind angenehm und es gibt auch mal Schwierigkeiten oder träge Mitarbeiter. Hier muss der Chef eine Balance zwischen Durchsetzungsvermögen und Empathie finden. Um die Entwicklung seiner Mitarbeiter zu fördern, vergibt ein guter Chef auch mal Aufgaben an Teammitglieder, die in diesem Bereich schwächeln. Nicht selten beschweren sich die Betroffenen darüber. Sie denken, dass man sie aus dem Unternehmen hinausekeln oder ihnen eins auswischen will. Ganz im Gegenteil: Der Chef ist daran interessiert, dass die Mitarbeiter im Unternehmen verbleiben und aufsteigen können, indem er ihnen hilft, neue

Fertigkeiten zu erlernen und mehr Verantwortung zu übernehmen.

Man kann kein guter Vorgesetzter sein, wenn einem seine Mitarbeiter nicht vertrauen. Beziehen Sie Ihre Mitarbeiter bei Entscheidungen, die das Team betreffen, mit ein. Übergeben Sie ihnen Verantwortung und zeigen oder sagen Sie ihnen, dass Sie auf ihre Fähigkeiten vertrauen und zuversichtlich sind, dass sie diese Aufgabe hervorragend bewältigen können. Seien Sie fair und gehen Sie mit Ihren Mitarbeitern respektvoll um. Schimpfen Sie nicht vor der versammelten Mannschaft, sondern lieber unter vier Augen. Loben Sie aber offen für Erfolge.

Inspirieren gehört ebenfalls zu den Fähigkeiten einer guten Führungskraft. Zwischen den Begriffen „Motivation“ und „Inspiration“ ist allerdings ein kleiner Unterschied. Motivieren bedeutet: „in dem Moment antreiben/zur Tat bewegen“. Man spornt Menschen an, indem man ihnen das Ergebnis, den Erfolg oder eine Belohnung in Aussicht stellt. Inspiration geht tiefer. Um Ihre Mitarbeiter zu motivieren, müssen Sie ihnen den Sinn ihrer Arbeit deutlich machen, ihnen zeigen, wie sie damit die Zukunft verbessern oder etwas bewirken. Menschen arbeiten gerne für ein Unternehmen, das bestimmte Werte vertritt und deren Zweck und Einstellungen im Einklang mit der eigenen

Weltanschauung stehen. Ist ein Mitarbeiter inspiriert, entwickelt er gern eigene Ideen und bringt sein Unternehmen somit nach vorne.

Vergessen Sie überdies nicht, dass jedes Teammitglied außerhalb des Büros ein Leben hat. Seien Sie einfühlsam, interessieren Sie sich für Ihre Mitarbeiter und zeigen Sie Verständnis in schwierigen Situationen. Ein Mitarbeiter, der mal spontan frei bekommt, weil er gerade eine private Krise durchlebt, wird es Ihnen danken und sich noch mehr bemühen.

KONFLIKTMANAGEMENT

Im beruflichen Leben sind Konflikte praktisch einprogrammiert. Je mehr Mitarbeiter zusammenarbeiten müssen, desto weniger kann man Konflikte vermeiden. Jeder Mitarbeiter ist anders – der eine ist schüchtern, der andere forsch, einer ist flink, der andere eher träge. Täglich müssen Entscheidungen getroffen werden, Meinungsverschiedenheiten entstehen oder Diskussionen eskalieren.

Um Konflikte zu lösen, sollten Sie konfliktfähig sein. Was bedeutet dieses Wort aber? Konfliktfähig ist nicht derjenige, der vor jeder Auseinandersetzung flieht. Und auch nicht der, der gerne in die Aufregung miteinstimmt und die Situation zum Eskalieren bringt.

Konfliktfähigkeit bezeichnet das Können, sich dem Konflikt zu stellen und ihn zu lösen. Wie bei den Emotionen, ist auch bei Konflikten das Früherkennen eines Problems von großer Bedeutung. Merken Sie Unzufriedenheit oder Gereiztheit zwischen zwei Kollegen beziehungsweise Ihnen gegenüber, sprechen Sie es frühzeitig an. Das hilft, die Eskalation zu verhindern. Dass ein Konflikt entsteht, erkennen Sie an dem veränderten Verhalten Ihrer Kollegen oder Freunde. Sie sprechen nicht mehr so oft miteinander beziehungsweise mit Ihnen, sie halten bewusst (beruflich relevante) Informationen zurück, es wird gestichelt oder hinterrücks über den anderen geredet. Wollen Sie denjenigen/diejenigen darauf ansprechen, dann nehmen Sie sich Zeit und überlegen sich deeskalierende Worte.

Sind Sie der Vorgesetzte und versuchen, eine Auseinandersetzung zu bewältigen, sollten Sie die Beteiligten zu einem Gespräch bewegen und dabei vermitteln. Versuchen Sie, jedem Beteiligten die jeweils andere Position zu erklären und ihm nahe zu legen, sich in den anderen hineinzuversetzen. Sind Sie einer der Beteiligten, wenden Sie die gerade beschriebenen Ratschläge an und versuchen Sie, den anderen zu verstehen. Denken Sie an die Verhaltensregeln (siehe Kapitel „Nur Gefühle verstehen, ist nicht genug!“). Versuchen Sie, Kompromisse zu schließen, wenn eine einstimmige Entscheidung für das gemeinsame Projekt wichtig ist und die Auseinandersetzung kein Ende nimmt. Sind es zwischenmenschliche Meinungsverschiedenheiten, die nichts mit der Arbeit zu tun haben, erlauben Sie sich und Ihrem Gegenüber, bei der eigenen Meinung zu bleiben und schließen Sie das Thema ab.

Es gibt genug dumme Individuen, die es unterhaltsam finden, jemanden zu ärgern. Andere hoffen, dass sie sich dadurch einen bestimmten Vorteil verschaffen. Das kann zum Beispiel der Fall sein, wenn die betreffende Personen Sie vor Ihrem Vorgesetzten bloßstellen und die eigene Chance auf eine Beförderung erhöhen wollen. Ob die Provokation Erfolg hat, entscheiden Sie allein. Fragen Sie sich, was sich diese Person davon erhofft. Wollen Sie ihr oder ihm tatsächlich so viel Macht über Sie verleihen? Sie haben die Verantwortung für Ihre Reaktionen. Bleiben Sie standhaft und gehen Sie nicht darauf ein – der Provokateur ist der Verlierer. Auf solche Mittel greifen nur schwache und unfähige Persönlichkeiten zurück, die in einem fairen Konkurrenzkampf nicht bestehen könnten.

Wenn Sie sich das vor Augen halten und den Unruhestifter anlächeln, werden Sie sich nicht besonders bemühen müssen, um ruhig zu bleiben. Im Gegenteil:

Sie werden womöglich sofort an der Mimik des Provokateurs sehen, dass er irritiert oder enttäuscht ist, sein Ziel nicht erreicht zu haben. Sein Ärger darüber ist dann aber nicht Ihr Problem, atmen Sie auf und freuen Sie sich über Ihren Fortschritt im Umgang mit Ihren Emotionen.

TEAMWORK

Arbeiten im Team ist nicht einfach. Man kann nicht bloß an seinem Tisch sitzen bleiben und vor sich hin arbeiten. Man muss sich auf andere Menschen einstellen, mit ihrem Charakter und ihrem Arbeitstempo zurechtkommen oder auf sonstige Besonderheiten Rücksicht nehmen. Um konstruktiv mit Kollegen arbeiten zu können, muss man bereit sein, in Diskussionen nicht auf sein Recht zu bestehen, sondern auch gemeinsame Lösungen erarbeiten oder Kompromisse schließen. Im Team sind einzelne Persönlichkeit nicht wichtig – das gemeinsame Projekt soll im Mittelpunkt stehen.

Jeder im Team sollte dennoch aktiv seinen Teil zur Aufgabenlösung beitragen. Immer wieder trifft man aber auf bequeme Persönlichkeiten, die sehr gerne im Team arbeiten, weil es möglich ist, sich der Arbeit zu entziehen oder Produktivität nur vorzutäuschen und die

Belohnung dennoch zu erhalten. Solche werden aber in der Regel schnell erkannt und gemieden. Hier muss sich der Chef um die Sache kümmern und sich in die Aufgabenverteilung einmischen. Es soll ersichtlich sein, wer wie viel zum gemeinsamen Ergebnis beigetragen hat.

Ein Teamplayer muss Durchhaltevermögen aufweisen, denn nicht jede Arbeit macht auch immer Spaß. Dennoch sollten Sie zuverlässig und motiviert Ihre Aufgaben erledigen. Wenn Sie dabei auch andere mitziehen und motivieren, werden Sie von Ihren Kollegen wertgeschätzt.

Nehmen Sie Kritik positiv an und ändern Sie Ihr Verhalten, wenn Sie der Meinung sind, dass sie richtig war. Zeigen Sie Kompromissbereitschaft und bleiben Sie offen für die Ideen anderer.

Im Idealfall können Sie auch für eine gute Arbeitsatmosphäre sorgen oder einer aufgebrachten Kollegin als Seelsorger bereitstehen. Aber Achtung: Teamplayer zu sein heißt nicht, sich komplett unterzuordnen. Achten Sie auf Ihr Wohlbefinden und verteidigen Sie Ihre persönlichen Grenzen.

EMOTIONALEN BURNOUT VERMEIDEN

Burnout (wortwörtlich „ausgebrannt sein“) ist ein Zustand der Erschöpfung. Ein Burnout entsteht durch Stress und Überforderung im Beruf. Überraschend ist deshalb der Fakt, dass sehr viele Hausfrauen unter Burnout leiden. Wir werden uns nun mit den Fragen beschäftigen, welche Berufsgruppen besonders gefährdet sind, mit welcher Krankheit wir es hier eigentlich zu tun haben und wie man sie behandeln kann.

Wenn Sie die Statistiken ein paar Jahre lang mitverfolgen, werden Sie merken, dass keine Einigkeit darüber herrscht, welche Berufsgruppe besonders gefährdet ist. Mal sind es die Unternehmer, mal Piloten, mal Kellner. Nach allen Untersuchungen hat sich aber ein besonders gefährdeter Persönlichkeitstyp herauskristallisiert: Menschen, die vom Burnout besonders betroffen sind, sind meist zwischen 30 und 50 Jahren alt, zielstrebig und perfektionistisch. Sie erarbeiten sich Anerkennung und wollen ihren eigenen sowie den Ansprüchen der anderen ständig gerecht werden. Das sind also Menschen, die vor allem sich selbst unter Druck setzen und das unabhängig vom ausgeübten Beruf.

Stress und Überforderung spielen eine große Rolle, doch ausschlaggebend ist die persönliche Einstellung. Unsere immer mehr leistungsorientierte Gesellschaft hat es uns anerzogen: Nur diejenigen, die bestimmte Höhen erreichen werden hoch angesehen. Die Erfüllung persönlicher Bedürfnisse ist nicht mehr im Kurs. Die Digitalisierung schafft einen weiteren Stressauslöser: Das Mobiltelefon. Der Druck, ständig erreichbar sein zu müssen, treibt unseren Stresspegel weiter in die Höhe.

Wie kann man Burnout erkennen?

Das Problem ist, dass die Symptome von Person zu Person unterschiedlich und durch körperliche Untersuchungen nicht nachweisbar sind. So leiden emotional erschöpfte Personen unter Kopfschmerzen, Schlafstörungen, Essstörungen, Depressionen, Tinnitus, Magen-Darm-Beschwerden oder Kreislaufproblemen. Auch körperliche Schmerzen, wie zum Beispiel Rücken-, Nacken- oder Schulterschmerzen sind bei einem Burnout nicht selten. Zu diesen Symptomen kommen Müdigkeit, Reizbarkeit, Frustration, Apathie, Konzentrationsschwierigkeiten, sexuelle Unlust, innere Unruhe, Hoffnungslosigkeit oder Unzufriedenheit mit sich selbst. Gürtelrose gesellt sich gerne dazu. Es existieren über 100 verschiedene Anzeichen für ein Burnout, doch die oben genannten sind die häufigsten und treten in Kombination miteinander auf.

Von Schlafstörungen ist die halbe Nation betroffen – das wird deshalb gerne als „normal“ abgetan. Dabei ist es leichter, Burnout vorzubeugen, als es zu behandeln. Bemerken Sie bei sich mehrere der oben aufgeführten Symptome, sollten Sie diese ernst nehmen und Hilfe suchen. Bis sich Überforderung zu einem ausgereiften Burnout entwickelt, dauert es länger – meistens sogar Jahre. Wenn es aber soweit ist, kommt man nicht ohne psychotherapeutische Hilfe und Antidepressiva da heraus. Deshalb ist es wichtig, schon die ersten Warnsignale wahrzunehmen und frühzeitig zu handeln. Aber wie?

Der erste Schritt ist (mal wieder!) die Selbstliebe. Wer sich selbst liebt, stellt seine eigenen Bedürfnisse nicht hinten an. Er kennt seine Grenzen und erlaubt sich erholsame Pausen.

Wie der Zufall so will, habe ich gerade letzte Woche mit einem Arzt der Schmerzklinik Feldafing gesprochen. Er berichtete mir, dass vor allem Frauen mit stressbedingten Schmerzen zu ihm kommen. Laut Umfragen gehören der Haushalt und die Kindererziehung bis heute noch zum Aufgabenfeld der Frauen. Heutzutage sind aber auch viele Frauen halbtags oder ganztags berufstätig. Trotzdem versuchen sie, den Haushalt, Kinder und den Job alleine zu managen. Sie gönnen sich keine Ruhe. Die Aussage des Arztes lautete wortwörtlich: „Nehmen Sie die Finger aus der Steckdose!“

Das sagt eigentlich schon alles. Wir müssen einen Gang zurückschalten, lernen „Nein“ zu sagen und auch wenn wir „nur“ Hausfrauen sind, Pausen und Feierabend in unseren Alltag einführen. Ob Mann oder Frau, Zeit zur Selbstpflege und Erholung dürfen nicht fehlen. Wenn Sie eine Hausfrau sind oder permanent im Homeoffice arbeiten, müssen Sie sich einen Ausweichort für Erholung schaffen, sonst können Sie nicht abschalten und selbst bei einem Entspannungsbad würden Ihre Gedanken immer wieder zur Arbeit zurückkehren. Sie wissen, dass Sie nur ein paar Schritte gehen müssen und dies und das erledigen könnten. Sind Sie dagegen in einem Fitnessstudio, einem Schwimmbad, bei Ihrer Freundin oder noch besser im Urlaub in einem anderen Land, wissen Sie, dass Sie nichts machen können und stellen sich automatisch auf Entspannung ein. Nehmen Sie sich deswegen Zeit für einen Urlaub, wenn die finanziellen Mittel es erlauben.

Wenn nicht, planen Sie ein bis zwei Tage pro Monat außerhalb des Hauses ein, allerdings ohne, dass Sie einen ganzen Tag davor mit Vorbereitungen beschäftigt sind. Es reicht ein Besuch bei Freunden, ein Tag am See oder ein Shoppingbummel. Sagen Sie zum Beispiel: „Sonntags mache ich gar nichts! Wir essen auswärts oder der Mann kocht und räumt auf (dafür kriegt er den Samstag als seinen Entspannungstag) und ich lasse mich verwöhnen." Das Schwierigste dabei ist, es mit unserem Gewissen zu vereinbaren: Wir sehen die Arbeit und können den Arbeitsmodus nicht abschalten. Das müssen wir lernen!

Wenn Sie meine Ratschläge im Kapitel „Selbstliebe entdecken" befolgt haben, mehr auf sich selbst achten und Freizeit für sich beanspruchen, dann sind Sie auf einem guten Weg heraus aus dem Burnout. Hilfreich wäre das Erlernen von Entspannungstechniken wie progressive Muskelentspannung, Atemübungen, Qi Gong oder Yoga. Wurde bei Ihnen bereits ein Burnout diagnostiziert, möchte ich Ihnen raten, die Hilfe eines psychologischen Psychotherapeuten in Anspruch zu nehmen.

Sorgen Sie für bessere Schlafqualität! Ein erholsamer Schlaf senkt die psychische Belastung um einiges. Besorgen Sie sich eine passende Matratze und ein gutes Kopfkissen, minimieren Sie nach Möglichkeit Lärm und Licht im Schlafzimmer, sorgen Sie für frische Luft und eine angenehme Schlaftemperatur (15 bis 18 Grad Celsius). Vermeiden Sie körperliche Betätigung und Aufregung sowie weißes, helles Licht mindestens eine Stunde vor dem Zubettgehen. Benutzen Sie nicht mehr Ihr Handy oder Ihren Laptop beziehungsweise schalten Sie den Blaulichtfilter ein und regeln Sie die Bildschirmhelligkeit herunter. Es kann ebenfalls helfen, wenn Sie über mehrere Wochen Baldrian, Lasea (Lavendelöl), Bachblüten oder Melatonin-Spray abends einnehmen.

Um vom Grübeln wegzukommen, können Sie sich auf Ihre Atmung konzentrieren. Wir atmen schneller und flacher, wenn wir gestresst, verängstigt oder wütend sind. Es genügt, sich darauf zu konzentrieren, tiefer und langsamer zu atmen. Versuchen Sie die folgenden Übungen:

- Verlangsamen Sie Ihre Atmung soweit wie möglich. Gelingt es Ihnen, genauso lange einzuatmen wie auszuatmen? Zählen Sie dabei in Gedanken mit. Zwischen dem Ein- und Ausatmen macht unsere Lunge immer eine Pause. Wie lange können Sie diese Pause ausdehnen, ohne sich anzustrengen oder zu verspannen bis der Atemimpuls sich nicht mehr aufhalten lässt?

- Atmen Sie langsam und gleichmäßig ein und aus. Lassen Sie aber die Atempause weg und atmen Sie direkt wieder ein. Konzentrieren Sie sich und führen Sie die Atemzüge fließend aus. Die Atmung darf dabei nicht schneller werden.

Nach ein paar Minuten werden Sie merken, dass Sie deutlich entspannter oder bereits eingeschlafen sind!

Epilog

Der IQ verliert in unserer Gesellschaft immer mehr an Bedeutung, der EQ ist jetzt der Hit. Die Globalisierung macht es uns unmöglich, uns vor der Welt zu verschließen. Wir bleiben nicht mehr allein unter uns, haben 30 Jahre lang denselben Kollegen und müssen uns auf keinen sonst einstellen. In den meisten Unternehmen setzt man nun auf Teamarbeit und wir müssen uns anpassen, wenn wir erfolgreich sein wollen. Auch unser Freundeskreis und unsere Nachbarn bleiben selten lange dieselben. In dieser Zeit sind Anpassungsfähigkeit, Teamfähigkeit und Empathie viel Wert.

Sie wissen jetzt, welche Fähigkeiten einen emotional intelligenten Menschen ausmachen und dass man diese erlernen kann. Sie verstehen, wie Emotionen wirken und wurden allein schon durch die Inhalte in diesem Buch sensibilisiert. Sie werden ab jetzt öfter die Emotionen Ihrer Mitmenschen wahrnehmen und werden vielleicht den Nutzen dieser Fähigkeit für sich entdecken. Bleiben Sie aber nicht auf dem Erreichten sitzen, denn neueste Untersuchungen der Zusammenhänge zwischen emotionaler Intelligenz und dem Alter der Menschen haben gezeigt, dass emotionale Intelligenz auch verlernt werden kann.

Zudem wurde gezeigt, dass die heutigen Menschen ein geringeres Empathievermögen aufweisen. Das hängt mit der zunehmenden Nutzung der sozialen Netzwerke zusammen. Jüngere Generationen treffen immer seltener andere Menschen in der realen Welt und haben deshalb weniger Übung darin, Gefühle zu verstehen. Folgen Sie nicht diesem Trend! Vereinbaren Sie Treffen mit Ihren Freunden und Kollegen, gehen Sie mit Ihrem Lebenspartner öfter aus. Verzichten Sie bei Ihrer Freizeitgestaltung auf externe Unterhaltungen, wie zum Beispiel Kino oder ein Rockkonzert. Gehen Sie lieber etwas leckeres essen, machen Sie ein Picknick und unterhalten Sie sich mit Ihrer Begleitung. Entdecken Sie für sich die Welt der Emotionen und wie schön es sein kann, wenn man so viele Menschen zum Reden hat.

Achten Sie auf sich! In unserer leistungsorientierten Gesellschaft ist es sehr schwierig, seine Bedürfnisse nicht aus den Augen zu verlieren. Fälle mit Burnout häufen sich immer mehr. Nehmen Sie sich daher vor, regelmäßige Pausen einzulegen und zwar nicht, um ein Handyspiel zu spielen oder mit jemandem zu telefonieren, sondern um in einer warmen Badewanne oder auf einer Liege in der Sonne auszuspannen, Zeit in Zweisamkeit mit Ihren Liebsten zu verbringen oder mit Ihren Kindern zu spielen.

Früher bin ich immer mit meinem Mann oder mit der ganzen Familie spazieren gegangen. Eines Tages waren mein Mann und mein Sohn beschäftigt und ich wollte alleine spazieren gehen und habe mich gewundert, dass meine Tochter den Wunsch geäußert hat, mitzukommen. Ich habe entdeckt, dass wir zu zweit sehr viel Spaß haben können – sie hatte so viel zu erzählen. Ich habe mehr von ihren Freunden in der Schule erfahren, wie sie zu der einen oder anderen Lehrerin steht und welche Pläne sie für die Zukunft hat. Und als sie nichts mehr zu erzählen hatte, fing sie an herumzualbern. Dieser Spaziergang war sowas von entspannend für uns beide!

Fokussieren Sie sich wieder auf sich selbst und Ihre Lieben, kümmern Sie sich um sie und lassen Sie sich selbst guten Gewissens verwöhnen. Denn dann sind Sie selbstbewusst und ausgeglichen. Dann werden Sie sich nicht über Kleinigkeiten ärgern. Dann haben Sie auch Energie, um auf Ihre Mitmenschen einzugehen. Dadurch finden Sie mehr gute Freunde im Privaten und schaffen ein angenehmes Arbeitsklima im beruflichen Leben. So haben Sie auch genug Energie für Ihre Karriere.

Erfolg beginnt mit Selbstachtung und Selbstpflege. Ich wünsche Ihnen viel Erfolg dabei!

Angelina Kirchholtes

1. Auflage

Kontakt: gs.media@outlook.de

Covergestaltung: Geizneering Designs
Coverfoto: Link

Originale Erstauflage 2021

Alle Ratschläge in diesem Buch wurden vom Autor und vom Verlag sorgfältig erwogen und geprüft. Eine Garantie kann dennoch nicht übernommen werden. Eine Haftung des Autors beziehungsweise des Verlags für jegliche Personen-, Sach- und Vermögensschäden ist daher ausgeschlossen.

Emotionale Intelligenz- Die unendliche Kraft der Emotionen

Für Fragen und Anregungen:

gs.media@outlook.de

Herausgeber: GS Media Verlag, Papenbuschstrasse 144, 45473 Mülheim Ruhr

Druck / Auslieferung: Amazon oder eine Tochtergesellschaft

Cover: Geiznering Designs

Independently published / ISBN: 9798502811354

Printed in Poland
by Amazon Fulfillment
Poland Sp. z o.o., Wrocław

79318292R00063